FELICIDADE CLANDESTINA

Clarice Lispector

隐秘的幸福

〔巴西〕克拉丽丝·李斯佩克朵 著 闵雪飞 译

人民文学出版社

著作权合同登记号　图字 01-2017-6219

Clarice Lispector
Felicidade Clandestina

Copyright © Heirs of Clarice Lispector, 1971
Simplified Chinese edition copyright ©
2018 Shanghai 99 Readers Culture Co. Ltd
All rights reserved.

图书在版编目(CIP)数据

隐秘的幸福/(巴西)克拉丽丝·李斯佩克朵著；
闵雪飞译.—北京：人民文学出版社，2017
(短经典精选)
ISBN 978-7-02-012896-9

Ⅰ.①隐… Ⅱ.①克… ②闵… Ⅲ.①短篇小说-小
说集-巴西-现代 Ⅳ.①I777.45

中国版本图书馆 CIP 数据核字(2017)第 111469 号

总 策 划　黄育海
责任编辑　卜艳冰　欧雪勤
封面设计　好谢翔

出版发行　人民文学出版社
社　　址　北京市朝内大街 166 号
邮政编码　100705
网　　址　http://www.rw-cn.com

印　　制　上海盛通时代印刷有限公司
经　　销　全国新华书店等

开　　本　890 毫米×1240 毫米　1/32
印　　张　5.25
字　　数　93 千字
版　　次　2018 年 4 月北京第 1 版
印　　次　2018 年 4 月第 1 次印刷

书　　号　978-7-02-012896-9
定　　价　39.00 元

如有印装质量问题，请与本社图书销售中心调换。电话：010－65233595

SHORT CLASSICS
短经典精选

目录

001	隐秘的幸福
006	真诚的友谊
010	进行性近视
017	狂欢节琐忆
021	长路
032	快吃饭,儿子!
035	宽恕上帝
040	引诱
043	蛋与鸡
054	百年宽恕
057	外国军团
077	顺从的人
084	分面包
088	猴子
091	索菲娅的祸端
111	女佣
114	讯息

130	男孩素描
134	爱的故事
138	世间的水
141	第五个故事
145	不由自主的化身
148	以我的方式来写的两个故事
151	初吻
155	译后记

隐秘的幸福

她很胖，个儿又矮，一脸雀斑，头发卷得过了分，颜色半黄不红的。那时，我们这些女孩子的胸都很平坦，她却有一对巨乳。就这样她仿佛还不知足，用糖块把胸脯之上的那两个衬衫兜儿撑得鼓鼓囊囊的。不过，她有一件东西，是所有贪恋故事的孩子梦寐以求的：书店老板是她的父亲。

她却没好好利用。至于我们，沾光的机会就更少了。就连我们过生日，她也从不肯送本便宜的小书，只送张父亲店里的明信片敷衍了事。更过分的是，卡片正面就是累西腓本地风景，就是我们住的地方，除了桥，就没别的景致了。背面花体字写着"生日快乐"与"想你"。

但在使坏这方面，她倒是很有天赋。她这个人成天大声地吮吸着糖果，可劲儿地报复我们。这姑娘必然恨我们，我们一个个漂亮苗条又高挑，头发柔柔顺顺的，这简直不能原谅。她平静而凶猛地虐待我。我太爱读书了，简直察觉不到她给我的侮辱，一个劲儿求她借给我她不读的书。

终于,她等到了一个好日子,可以向我施加一场漫长的酷刑。仿佛不经意间,她告诉我她有《小鼻子轶事》这本书,是蒙特罗·罗巴度[①]写的。

天啊!那可是一本大部头。对我来说,那书是一起过活的,可以吃它、睡它。不过我可买不起。她让我第二天路过她家时停一下,把那书借给我。

第二天,我沉陷于快乐与希望之中:我不是在生活,而是在一片平静的汪洋中慢慢地游弋,任凭海浪推动着我向前、退后。

第二天,我走到她家,准确地说,我是一路小跑着来的。她可不像我一样住在棚户里,她家是一幢大房子。她根本没有让我进门。她直视着我的眼睛,告诉我她把那书借给另外一个姑娘了,让我今天回去,明天再来。我半张着嘴,慢慢地离开了她的家。不过,没过多久,希望又一次攻占了我,我又开始在街上蹦蹦跳跳了,在累西腓的大街小巷里,我总会以这种奇怪的方式走。这一次我没有摔倒,借书的承诺指引着我,第二天很快会来的,之后的日子才是我生活的全部,对世界的爱等待着我,我一如既往地在街上蹦蹦跳跳,一次也没有摔倒。

---

① Monteiro Lobato(1882—1948):巴西著名儿童作家,其作品影响了几代巴西人,直到现在,依然有广泛的读者。

但事情没那么简单。书店老板的女儿的隐秘计划很平静，也很恶毒。第二天，我来到她家门口，脸上带着笑意，心里雀跃沸腾。但我只听到一声淡淡的回答：书不在她手上，我得明天再来借。我一下子就明白了，在我这一生之中，在我满满的期待下，这"明日再来"的戏码将不断地上演下去。

就这样一日一日过去。多长时间？我不知道。她却知道这场折磨没完没了，只要嫉恨没有从她庞大的身躯里流淌干净。我揣度过她是故意选中我，让我受罪。有时，我的确这么想过。但是，想归想，有时我依然可以接受，因为让我受罪的这个人，是真的需要让我受苦。

多长时间？我每天去她家，没有一天缺过。有时她会说：那书昨天下午我还有来着，但是你只早上来，因此我又把它借给另外一个姑娘了。而我，我从来不长黑眼圈，现在却感到黑眼圈正在我那双震惊的眼睛下沉陷。

一天，我一如既往地来到她家，屈辱而又沉默地听她的拒绝，突然，她的母亲出现在门口。这个女孩日复一日默默出现在家门口，想必她早就起疑。她要我们两个解释一下。接下来的是一阵慌乱的沉默，间或有些语无伦次的话冒出来。她母亲越来越糊涂，越发觉得这事的诡异。终于，这位好心的母亲听明白了。她走到女儿面前，愕然地喊：可是，这本书从来没有离家一步，而且，你连读都不读!

  对于这位女士来说,最糟糕的不是得知了事情的始末。女儿竟然有这么恶毒!这个发现恐怕才真正是件恐怖的事。她默默地审视着我们:一个是全然陌生的女儿,使坏的能耐倒是不小;一个是金发女孩,倚立在门边,精疲力竭地迎着累西腓街上的风。这时,她终于有所行动,平静而又坚定地对女儿说:你,立即把书借给人家。又对着我说:你,这本书你爱看多久就看多久。你们明白吗?这比把书给了我都要好:"我想看多久就看多久",一个人,无论是大人还是小孩,所敢于企盼的不过如此。

  该怎么说接着发生的事儿呢?我怔住了,木木地接过了书。我想我什么话都没说,只是拿起了书。不,我出门时没有像平日那样蹦蹦跳跳。我慢慢地走。我知道我用双手抱住这本厚书,紧紧地贴在胸脯上。到底花了多长时间才走回家,我也不在乎。我的胸暖洋洋的,我的心起伏不定。

  我回到家,却没有立即开始阅读。我装成没有这本书的样子,这样,待一会儿我才会大吃一惊。几个小时之后,我翻开书,读上几行美妙的文字,又把书合上,在家里转了转,我又拖延了一会儿,去吃了些黄油面包,装成想不起来书放在哪里了,接着找到了它,打开它看了一会儿。为了这隐秘的东西,为了这幸福,我制造了并不存在的困难。对我而言,幸福总是隐秘的。好像我已预感到这点。费了我多少工夫啊!我生活在云端,又是自豪,又是羞愧。我是一个娇贵的女王。

有时,我坐在吊床上,轻轻摇摆着,书在我的怀里展开,我不碰它,只是纯然地陶醉。

我不再是一个有了书的小女孩,而是一个有了情人的女人。

真诚的友谊

我们并不是总角之交。中学的最后一年我们才相识,之后便成了形影不离的好友。很长时间以来,我们都需要这样一个朋友,没有任何不信任横亘在彼此之间。我们的友情深得隐藏不了心思:一个人会立刻给另一个人打电话,约定时间见面。每次倾谈之后,我们都会倍觉开心,仿佛给自己送了个大礼。我们之间无话不谈,如若有一天没有任何心事倾吐,我们俩都会备受折磨,直到找出一件事。不过,那事得很严重才行,因为这摧枯拉朽的真诚我们还是第一次体验到,随随便便的小事配不上它。

那时,我们的关系已经出现了不安的迹象。有时候一个人打电话,大家见了面,却没有什么可说的。我们还很年轻,不知道如何沉默。最初没有话题讨论的时候,我们开始对其他人评头论足,但我们知道这是对友情的玷污。我们从不考虑让女友成为话题,因为男人不谈爱情。我们尝试沉默以对,但分别之后,会变得更加不安。

每一次见面后回到家中，我都会感到巨大而荒凉的孤独。我开始读书，只是为了和他谈谈这些书。但一种真诚的友谊要求更为纯粹的真诚。对真诚的追求让我倍感空虚，我们的见面越来越让人失望。不久之后，我真诚的贫乏暴露无遗。我知道，他也进入了两难之境。

后来，我的家人搬到了圣保罗居住，剩我一个人看房子，他的家人住在皮阿乌伊，他也一个人住，我便请他到我家和我一起住。我们欢喜地整理书籍和磁带，准备给友谊创造一个完美的天地。一切都弄好了，现在我们坐在家里，袖着手，沉默不语，只有友谊流溢在我们周围。

我们太想拯救彼此了。友谊是拯救的质料。

但我们已经接触了所有的问题，我们已经研究了所有的可能。只有一样东西我们一直在寻找，最后终于找到了，这便是真诚的友谊。我们知道，我们饱尝辛酸之后才知道，这是唯一的方法，让我们走出身躯之中的灵魂的孤独。

然而友谊是多么言简意赅！而我们却仿佛想把一个字就能说清楚的道理敷衍成长篇大论。我们之间的友谊就像两个数相加一般为难：一加一就等于二，再怎么细心演算都得这个数。

我们想在家里搞几次聚会，结果不单邻居反对，我们自己也意兴阑珊。

要是我们能帮上对方的忙该有多好！可是首先没有机会，其次我们也不相信友谊需要证明。我们所能为对方做的是我们一向在做的：明白我们俩是朋友。然而这却不足以填充每一天，尤其是漫长的假日。

每当假日开始，真正的折磨便来了。

他，我什么都给不了他，除了我的真诚，这样，他就变成了对我贫穷的指控。另外，两个人一起听音乐、读书，却依然感到孤独，这孤独甚至比独处时更大，不仅更大，而且更困扰。我们找不见安宁，每个人回到自己的屋子，看不到对方，便松了口气。

当然，事物在进行之中总会有停顿，须臾的喘息给了我们不符合事实的希望。我的朋友与市政当局打了一个官司。事情不严重，但我们把它变得严重，只为极尽所能地利用，因为能为对方做事让我们幸福不已。我兴奋地奔走在熟人的办公室，为我的朋友走关系。等到了结案的阶段，我更是跑遍了全城，我敢说没有一个签名不是经我手确认的。

那段时间，我们晚上才能在家里见面，很疲惫，也很兴奋。我们讲述着白天的丰功伟绩，计划着后续的攻击。我们没有刻意深化，只听凭发生的一切打上友谊的烙印。我想我明白了为什么爱人们会彼此馈赠，为什么丈夫要关心妻子，为什么妻子坚持不懈地给丈夫做饭，为什么母亲无微不至地照顾子女。就是在这段时间，我送给她一只胸针，今天，她已经成为我的妻子。只是很久之后，我才明白存在就是给予。

市政当局的问题解决了之后——顺便告知一下，是以我们的胜利告终——，我们依然在一起，却再也找不到那个让我们交出灵魂的词。交出灵魂？谁又能交出灵魂？才不能！

我们到底想要什么？什么也不想要。我们筋疲力尽，失望透顶。

我借口要与家人度假，向他告别。他正好也要去皮奥伊①。我们紧紧地握手，在机场作别。我们知道再也不会相见，除非偶然的相遇。我们并不期望再见。我们知道彼此是朋友。真诚的朋友。

---

① Piauí：巴西州名，位于巴西东北。

进行性近视

一个人是不是聪明，他自己并不知道。他是聪明还是不聪明取决于其他人的不稳定性。有时，他的话会让成年人突然投来一许称意而又狡黠的目光。称意，是因为他们觉得他聪明，但又故意藏而不露，免得惯坏他；狡黠，是因为他们比这孩子对他谈的事了解得更多。这样，被认作聪明的同时，他也有了一种无意识的不安感：某样事物离开了他。聪明之钥也离开了他。因为他有时试图模仿自己，说一些东西，以为肯定会一击而中，家里人的自动反应留给他这个印象：每当他说些聪明话，大人们会快速对望，唇间拼命压抑着微笑，那种笑意只能在眼神中流露，"要是我们现在笑了，我们就不再是好的教育者了"——就像在跳西部片中的四对舞，人总得交换舞伴和位置。无论如何，这些家庭成员彼此理解，他们因为他的牺牲而理解。倘若没有他的牺牲，他们将永远不能理解，然而，这就像用新方法跳四对舞：即便他们彼此理解，他却觉得他们屈从于一种游戏规则，仿佛已预先约定好了理解。

因为，有时，他尝试复制自己说过的成功句子，那些一击而中的句子。不是为了复制过去的成功，也不是为了挑衅家中的死水一潭。而是为了占有"聪明"之钥。然而，这场旨在发现法则与原理的尝试终告失败。他把一个成功的句子又说了一遍，而这次接收到的只有其他人的漫不经心。他那双好奇的眼睛眨巴着，已经患上了初期近视。他探寻着上一次震到了大家而这一次却没成功的原因。他的聪明难道要由旁人的无一定之规来判断吗？

后来，当他用自己的不稳定代替了别人的不稳定时，便进入了一种有意识的不稳定状态。他长大成人后，还保持着一个习惯，会猛地朝自己的思想眨眼，同时皱一下鼻子，这样眼镜会滑下来——通过这种面部表情，他尝试着用自己的判断来代替他人的判断，然而这种尝试会加深他自身的困惑。但他是个极具静力学能力的男孩：他一向知道如何把困惑维持在困惑的层面，而不把它变成其他感觉。

他自己的钥匙不在他身上，关于这点这孩子已经知道了，他眨巴着眼睛，鼻子一皱，眼镜便滑了下来。然而那钥匙不在任何人身上，这一点他是慢慢猜测到的，他毫不失望，他那安静的近视需要度数更高的眼镜。

不论看上去多么奇怪，正是通过这种永远的不确定状态与对那钥匙不在他身上这个事实的过早接受——正是通过这一切，他正常地长大,并在平静的好奇中生活。耐心且好奇。人们说他有一些神经质,指的是眼镜老掉这件事。但"神经质"这个名字是家里人因为判断的不稳定而起的。由于成年人的不稳定,他还有了另外一个名字:"有礼貌"或"听话"。就这样他们给他起名,不是因为他是的那个人,而是视不同时刻的需要而定。

有几次,在他眼镜下超然的平静里,他身体内升腾起某种光华,又有一些抽搐,就像神启。

比如,家人告诉他一个星期后他要去一位表姐家度过整整一天。这位表姐已经结婚了,不过没有小孩,她很喜欢孩子。"整整一天"包括午餐、下午茶、晚餐,回到家时他都要睡着了。表姐意味着多余的爱,带来不期而遇的好处与数不胜数的匆忙——这一切都使得过分的要求能够被满足。在她家里,因为这一整天,他的一切都具有了一种会得到保障的价值。在那里,因为只有一天,判断的不稳定没有机会作祟,爱便更容易稳定:在这一整天里,这个孩子将被判断为他自己。

那"整整一天"之前的一个星期里,他尝试做出决定:要不要自然而然地跟表姐相处呢?他试图下定决心:一进门他要不要说点聪明话呢?——这会导致他在那一整天被判断为聪明孩子。或者一进门他就做一件他觉得"有礼貌"的事,这样,整整一天,他会是一个有礼貌的孩子。他可以选择成为什么人,这种可能性让他平生第一次在漫长的一天里每时每刻都在往上推眼镜。

在之前的一个星期里，可能性的范围慢慢地扩大了。借着不得不去忍受混乱的能力——与混乱相比，他微小而平静——他最终发现他甚至可以霸道地决定整整一天装个小丑。或者，他可以以悲伤的姿态过完整整一天，如果他最终决定那样的话。后来他平静了，因为他知道表姐没有孩子又缺少和小孩子相处的经验，无论他决定怎么样让她判断他，她都会接受。他还知道了另外一样事，对他也有帮助：那一天他成为什么都不会改变他分毫。因为他过早地——他是一个早熟的孩子——超越了他人的不稳定与自己的不稳定。他以某种方式悬浮于自己的近视与他人的近视之上。这给了他很多自由。有时只是一种平静的怀疑的自由。即便他长大成人，戴上了厚厚的眼镜，也从来没有意识到这种超越于自己的优越感。

拜访表姐之前的一个星期是一种绵延不断的期待。有时他的胃会忧虑地抽紧：那家没有孩子，他将全然沐浴于爱里而不必挑选个女人。"没有选择的爱"意味着一种危机重重的稳定：会一成不变，并最终导致一种唯一的评价方式，这是一种稳定。这种稳定对他而言是一种危险：如果其他人踏错了稳定的第一步，那么错误会持续下去，反倒不如不稳定的好，因为尚有机会改正错误。

另外还有一件让他预先忧愁的事：在表姐家里待整整一天，除了吃饭与被爱，还能干些什么呢？好吧，是有一个解决方法，他可以时不时地去洗手间，这样时间会过得快一些。但是，他进行的可是被爱的实践，这已经预先限制了他：表姐，对他而言完全是一位陌生人，正充满无限柔情地看着他去上卫生间。她生命中的一成不变成为了柔情的理由。好吧，在上厕所这件事儿上，一次厕所都不上也可以成为一种解决方案，这也是事实。但是，整整一天不上厕所不但不可能实现，而且——他也不想被判断为一个"不上厕所的孩子"——也根本带不来任何好处。他的表姐早已在希望得子的长久愿望里稳定不动，会因为他不去上厕所，而踏上大爱的歧途。

"整整一天"之前的一个星期里，他并没有因为自己的犹豫而受苦。因为他已经踏出了很多人不曾踏出的一步：接受不确定，并凭借显微镜一般去审视一切的专注，与不确定的所有组成共处。

然而，他忽视了一个细节：表姐有一只金牙，在左边。

正是这点——在他终于踏进表姐家门口后——正是这一点发现让所有的先期构建瞬间失去了平衡。

倘若那孩子把事物划分为可怕与不可怕两类，那一天余下的时光可称得上可怕。或者，可称得上"美妙"，如果他是那种把事物分成美妙与不美妙的人。

表姐有只金牙这事他从来没有考虑过。但是，他已经在永远的不可预见中找到了安全感，这安全感太多，甚至让他戴上了眼镜，因此，虽然一开始就碰上了没有料到的事，他也不会感到不安。

接下来，表姐的爱让他惊奇。刚开始的时候，表姐的爱并不明显，与他的想象完全不同。她极其自然地接待他，一开始还骂了他，后来才不再骂他。接着她说要去收拾屋子，让他自己玩儿。就这样，突然之间给了这孩子整整一天，空虚又充满阳光。

很久之后，他一边擦拭着眼镜，一边试图打出聪明的一击。他观察着庭院的植物。因为当他高呼"观察"，他会被判断为观察者。然而，他对植物冰冷地观察得来的，不过是夹在一下又一下扫地声之中的"就是这样"。他来到厕所，在那里痛下决心：既然一切已然失败，那就索性玩一把"不被人判断"吧：整整一天里，他什么都不是，就是什么都不是。然后他自由地一推，把门打开了。

然而随着太阳慢慢升起，他慢慢感觉到了表姐之爱所带来的微妙压力。当他察觉到这点，他便是一位被爱之人。午饭的时间里，食物是纯粹的爱，错误而又稳定：表姐的温柔注视下，他满怀好奇地安于食物的奇怪味道，也许是因为用了不同牌子的橄榄油；他安于一位女人的爱，这是一种全新的爱，与其他成人的爱截然不同：这爱希求实现，因为表姐没有怀过孕，所以把这母爱在他身上实现。然而，这爱不需要之前的孕育。这种爱希求的是其后的受孕。总之，这是一种不可能的爱。

整整一天里，这爱要求一种过去，以拯救现在与未来。整整一天里，不需要说话，她要求他在她的肚子里生出。表姐对他没有任何要求，只除了这一点。从这个戴眼镜的孩子这里，她要求自己不是没有孩子的女人。这一天，他因此了解到一种罕有的稳定方式：无法实现的愿望的稳定。不可企及的理想的稳定。平生第一次，他成了奉献给承诺的生灵，平生第一次，他被无法承诺吸引：他被这极端的不可能吸引。就一个词：不可能。平生第一次，他因为激情而有了爱。

仿佛近视痊愈，他看清了世界。那是对他正栖居并将永远栖居的那一个宇宙深沉而简朴的一瞥。那不是思考性的一瞥。那一瞥就仿佛他摘掉了眼镜，而由近视自己窥到了一般。也许从此以后他将沾染一个伴随终身的习惯：每当困惑增加而他隐约窥见，他会借口擦镜片摘下眼镜。然后他不戴眼镜，用盲人般反射的凝视，注视着对话的那个人。

狂欢节琐忆

不，不是这个狂欢节。但不知为何它竟把我带回童年，带回那些个圣灰星期三，路上一片死寂，只有拉环与彩纸随风起舞。一两位黑纱覆面的女信徒穿过街道往教堂走去，街上空荡到了极点，直到又一年到来。节日越来越近，该怎么形容我内心的激荡？仿佛世界终于从蓓蕾绽放成一朵鲜红的玫瑰。仿佛累西腓的街道与广场终于告诉了大家它们的用途。仿佛人的声音终于可以欢唱快乐的能力，而那是我心中的隐秘。狂欢节是我的，我的。

然而，实际上我很少参加狂欢。我从来没有参加过任何一场儿童舞会，大人们从来没有给我装扮过。为了补偿我，他们允许我一整夜接连十一个小时待在我们住的那栋房子的楼梯口，满脸艳羡地看着其他人快快乐乐地过节。那时，我会得到两件宝贵的物事：一个香氛瓶，还有一包彩纸，我会小心翼翼地省着用，以便能撑过三天。啊！写出这一切实在太难了！因为我觉得一旦我确认了这一点，我的心将永陷黑暗，那就是尽管我参与快乐的机会这样少，而我却焦灼地渴望着，以至于几乎什么都不需要有，我都会成为幸福的女孩。

面具呢？我很害怕，但这种害怕是根本的，也是必须的，因为它发自我内心最深刻的怀疑：人脸也是一种面具。在楼梯口，如果一位戴面具的人和我交谈，我会突然与我的内心世界建立起不可或缺的联系，那里不仅仅有精灵与王子，更有人，还有他的神秘。甚至我对戴面具者的恐惧，对我而言也是至关重要的。

大人们不给我装扮：家里人为母亲的病忧心忡忡，没人会想到要给小孩子过狂欢节。但我央求了姐姐，让她帮我把头发弄卷，这头直发一向让我不快，一年之内至少有三天能卷着头发，于我是虚荣心的满足。而且在这三天里，我姐姐依从了我坚定的梦想，把我变成一位少女——我迫不及待地要从这弱不禁风的童年里走出——，她用鲜艳的唇膏涂我的嘴唇，往我的脸上抹胭脂。这样，我觉得我自己又漂亮又女人，我从孩童里逃了出来。

然而，这个狂欢节和其他的不一样。我那时已经学会不去求人，但仿佛神迹一般，我简直没法相信降临到我身上的一切。一位朋友的母亲打算把她装扮成一朵玫瑰，因此买了很多很多粉红色的皱纹纸，我猜想，她准备拿这些纸做成花瓣。我惊愕地看到装扮一点点地成型，一点点地诞生。尽管从远处看皱纹纸做的花瓣根本不起眼，我却认为这是我一生中见到的最美的装扮。

出于纯粹的偶然，发生了一件意想不到的事：皱纹纸剩下了，而且剩了很多。也许我朋友的母亲注意到了我缄默的诉求和那嫉妒引发的缄默的绝望，也许她只是出于好心，反正也剩了不少纸，她决定用剩下的材料也给我装扮起来。就在那个狂欢节，我平生第一次实现了愿望：成为另一个人，而不是我自己。

只不过是准备工作，就已经让我幸福得傻掉了。我从来没有如此忙碌过：我和朋友算计着一切细节：装扮的下面，我们要穿衬裙，这样即便下雨融掉了装扮，我们身上至少还有穿的。想到下雨，以我们八岁的女性羞耻心来看，大庭广众下只穿衬裙，不如趁早羞死算了。啊！上帝保佑啊！千万别下雨！因为另一个人剩了材料，我的装扮才得以存在，鉴于这个事实，我不无苦涩地吞下向来强大的骄傲，卑微地接受了命运给我的施舍。

但是，为什么那个狂欢节，那个我唯一装扮了的狂欢节，竟会成为如此悲伤的日子？星期日一大早，我就卷起了头发，一心等到下午，到时发卷儿就做好了。然而期待太强，时间仿佛不走。终于，终于到了！下午三点钟，我小心翼翼地穿上玫瑰，唯恐把纸扯坏了。

很多比这更不幸的事儿发生在我身上，我已经一一释怀了。然而，这件事儿我到现在都不明白：命运掷出的骰子有道理可言吗？它太无情了。我已经全副武装地穿好了纸衣，头上还戴着发卷，唇上没涂唇膏，脸上没抹胭脂，可妈妈的健康突然恶化了，家里一片混乱，人们让我赶紧去药店买药。我跑着，身上穿着玫瑰，脸却没来得及戴上少女的面具，把我暴露于众的童年生活遮隐。我跑着，跑着，在拉环、彩带与狂欢节的喧闹之间，我茫然无措地奔跑着。其他人的欢乐吓坏了我。

几个小时之后，家里的气氛渐渐平静，我姐姐开始给我梳妆打扮。然而，在我身体里，一些东西已经死掉了。就像我读过的那些童话，仙女会给人施魔法，也会让魔法失效。对我而言，魔法失效了：我不再是一朵玫瑰，我再一次变成了普通的小女孩。我走到街道上，站在那里，思考着，我不是一朵花，只是一个涂着红嘴唇的小丑。我如饥似渴地感受着灵魂出窍，有时，我甚至开始感觉到了快乐，但一想到母亲的病情，我便感到后悔，又一次死去了。

几小时后，救赎姗姗来迟。我迅疾地抓住了它，因为我是如此地需要被拯救。一个差不多十二岁的小男孩，而对我而言，他简直是个少年，这漂亮的孩子停在我面前，混合着柔情与粗暴、玩笑与性感，把彩带覆盖在我已经变直的头发上：那一刻，我们俩面对面，微笑着，没有说话。而我，八岁的小女人，整晚都在想，终于有人承认了我：是的，我的确是一朵玫瑰。

长　路

她是个干干巴巴的老太太，很温和，也很执拗，仿佛还不明白在这人世间她已孑然一身。她眼睛里总是雾气蒙蒙，双手老搁在黑乎乎的长裙上，那是她人生的古老证明。布料已经硬了，面包渣和着口水黏在上面，使她看起来像个襁褓婴儿。上面有一块黄渍，是两个星期前吃鸡蛋蹭上的。裙子上还有睡痕。她总得找睡觉的地方，今天这家，明天那家。因为身体虚弱，也因为多年的良好教养，她的声音纯净极了。别人问她叫什么名字，那把嗓子会这样回答：

"小姑娘。"

众人笑了。看到引起了别人的兴趣，她便开心了，解释说：

"本名叫玛格丽特。"

她瘦小而晦暗，尽管从前她也曾高挑明丽过。她有过父亲、母亲、丈夫、两个孩子。所有人都先她而去。只剩她孤零零一人，那双眼睛仿佛覆盖了一层白色的绒毛，混浊不清，又满含期待。人们给她施舍，但给的不多，因为她太瘦小，吃不了多少东西。人们收留她睡觉，但只给她又窄又硬的床，因为她正不断地干瘪下去。她也不会忙不迭地感谢，就笑笑，点一点头而已。

没有人知道为什么，她现在睡在一幢大宅深处的房间里。房子位于波塔弗戈①的一条宽街上，路的两旁种满了树。这家人觉得"小姑娘"挺有意思的，不过大多数时候，她被忘在了脑后。她还真是个神秘的老太太。黎明她便起床，收拾好那张小矮人的床，旋即离开家门，仿佛家里着火了一样。没人知道她的去向。一天，家里的一位小姐问她，最近都干了些什么。她温柔地笑笑，回答道：

"旅行呢。"

大家觉得很好笑，一个靠别人仁慈过活的老人家，居然还想着旅行。但这是事实。"小姑娘"生在马拉尼昂②，在那里生活了大半辈子。她刚来里约不久，一位好心的夫人带她来的，本想把她安置在收容院，但后来这事儿不成了：夫人去了米纳斯，临走前给了"小姑娘"一些钱，让她在里约自寻生路。老人家一路行走着了解这个城市。其实，一个人只坐在广场的长椅上，就足以看尽里约热内卢了。

她便这样波澜不惊地生活着，直到有一天，波塔弗戈的这家

---

① Botafogo：里约热内卢街区名。
② Maranhão：巴西的一个州，位于东北。

人发觉收留她时间实在不短了,也未免太久了一点儿。他们不无道理。大家伙儿都很忙,时不时得应付个婚礼、宴会、订婚或是来访。每次这老太婆劳烦到他们,他们都会惊诧莫名,那种被打扰的感觉,就仿佛有人拍了一下他们的肩膀,说了声"嗨"一样。家里的一位小姐尤为光火,那老婆子总是莫名触怒她。尤其是那抹永恒的微笑,尽管姑娘明白那笑容里毫无恶意。也许因为大家都没时间,没人提这事。不过稍后不久,有人提议把她送到佩德罗波利斯①德国嫂嫂的家里。大家一致同意。那份欢欣鼓舞,简直不是个穷老婆子应该引起的。

这家的儿子要和女友及两个姊妹驱车前往佩德罗波利斯度周末,于是带上那老太婆同往。

为什么"小姑娘"头一晚会睡不着觉呢?一想到要去旅行,在她僵硬的身躯里,那颗锈迹斑斑的心又一次被点亮了,它干涩而杂乱地跳动,仿佛干吞下一颗巨大的药丸。某些时候她甚至感到无法呼吸。一个晚上她都在说话,有时,嗓门还挺大。约好的旅行让她兴奋不已,生活又要改变了,倏然间,一些想法清晰起来。她想起一些事情,那些从前她发愿不想发生的事情。先是儿子被车轧了,惨死在马拉尼昂的电车轮下——如果他经历了里约的滚滚车流,也

---

① Petrópolis:巴西城市名,距离里约热内卢六十五公里。

一样会被轧死的。她想起了他的头发，他的衣服。她想起因为玛丽亚·罗莎打破了一只茶杯，自己冲着她大喊大叫。如果她早知道女儿会死于难产，就不会对她那么凶了。她想起了丈夫。她只记得丈夫穿衬衫的样子。可是，这不可能啊！她肯定，他穿着制服去上班，穿着燕尾服去宴会，绝对不可能穿衬衫去参加儿子和女儿的葬礼。找不到丈夫的燕尾服了，这让老太婆更疲惫了，她在床上轻轻地翻着身。突然间，她发觉这床太硬了。

"床真硬啊！"夜半时分，她高声说。

她又变得敏感了。身体的部位失去知觉已久，现在正祈求着她的关注。突然之间，她感到一阵汹涌的饿意。她疯了一般地起床，解开小小的行囊，拿出一小块干掉的黄油面包，这是她两天前暗暗藏起来的。她像老鼠一样啃咬着面包，仅剩下牙龈的嘴甚至扎出了血。她吃着东西，渐渐地兴奋起来。她居然看到了正要去上班的丈夫，尽管那影像稍纵即逝。回忆消散之后，她才发现忘了看他穿的是不是衬衫。她重新睡下了，四处抓挠，挠得浑身滚烫。整整一个晚上，某一刻她仿佛看到了什么，下一刻，又看不到了。黎明时分，她才入睡。

生平第一次，她需要别人唤醒。外面还黑漆漆的，一位小姐就来叫她，她的脸上蒙着纱巾，箱子早已拎在手上。"小姑娘"出人意料地恳求给她几分钟，她想梳梳头发。那双手颤颤巍巍，紧紧握着断了的梳子。她梳啊，梳啊。她可不是那种不梳好头发也敢出去玩的女人。

终于，她走近了汽车，这家的儿子和姑娘们惊讶于她快乐的神情与矫健的步伐。"简直比我身体都好"，那小伙子开起了玩笑。姊妹们则暗想："我从前还很同情她呢！"

"小姑娘"坐在车窗旁，两姐妹宽宽绰绰地坐在同一排，弄得她的座位有些挤。她没说什么，一直微笑着。汽车猛然发动，把她甩向后方，她觉得胸口很痛。这倒不是因为快乐，而是心碎。小伙子转过头来：

"您可别吐啦，老奶奶！"

姑娘们笑了，坐在前面的那个笑得最开心，她时不时地把头靠在男孩的肩膀上。老人本想出于礼貌回敬一句，但却无能为力。她想微笑，却没有成功。她望着大家，那眼睛里湿气朦胧，其他人都知道，其实她没有哭。她脸上有一种东西，杀死了姑娘们的快乐，又给自己添了一分执着。

一路上风景很美。

姑娘们很开心。"小姑娘"现在又开始笑了。尽管心跳得很快，但一切都好了起来。他们经过一座墓园，又经过一处仓库。有树木，两位女人，一位士兵，有猫！还有标牌——车辆疾驰而过，吞掉了一切。

"小姑娘"睡醒了,她不知道身在何处。道路完全可以看清了:这是一条笔直而危险的路。老人的嘴唇火烧火燎,而手和脚却冰凉,仿佛不是身体的一部分。女孩子们说着话,前面的那个姑娘把头靠在小伙子的肩膀上。车厢里喧闹声不绝于耳。

这时,"小姑娘"的大脑开始活动了。丈夫身着燕尾服出现在她眼前——找到了!找到了!衣服一直挂在衣架上。她想起了女儿玛利亚·罗莎朋友的名字,就是住在她家前面的那个女人,叫艾尔维拉,她妈妈有残疾。回忆历历在目,不禁让她发出一声惊呼。她缓缓地翕动着嘴唇,低声地说着什么。

姑娘们发言了:

"啊,谢谢,这样一件礼物我可承受不起!"

终于,"小姑娘"开始惶惑了。她在车里做什么?她和丈夫什么时候在什么地方认识的?玛利亚·罗莎和拉法埃尔的母亲,他们的亲生母亲,怎么会和这些人坐在车里呢?但不过一会儿,她就安之若素了。

男孩对姐妹们说:

"我觉得我们还是不要在前面停车了,省得费事。让她下车,我们告诉她在哪儿,她自己过去,告诉那家人她会待下去。"

那家的一位小姐觉得有些不安:男人总是不解人情,她害怕弟弟在女友面前说得太多。他们从不拜访佩德罗波利斯的哥哥,更别提嫂子了。

"好的。"她及时地打断他，不让他讲太多话，"听着，'小姑娘'，你从那条巷子进去，你肯定能找到，就是那幢红砖房，你问阿尔纳多的家就行了，他是我哥哥，听懂了吗？阿尔纳多。你说你在我家不能再待了，说想阿尔纳多家里有地方，你可以帮他们看孩子，懂吗……"

"小姑娘"下了车，有一阵子，虽然她的双脚踏着土地，人却仿佛依然晕晕地漂浮在轮子上。凉风吹进她的双腿之间，长裙随风飘舞。

阿尔纳多不在家。"小姑娘"走进客厅，女主人头上围着一块遮灰巾，正在吃早餐。一个金发的男孩正坐在一盘西红柿洋葱前，一边打着瞌睡，一边吃着东西，两条长满雀斑的白腿在桌子下晃来晃去。毫无疑问，这就是她要照看的孩子。德国女人盛了一盘燕麦糊，把桌子上的黄油吐司推给他。苍蝇嗡嗡作响。"小姑娘"觉得很冷。要是能喝上一杯热咖啡，或许可以驱除身体里的寒意。

德国女人时不时阴沉地观察她一下：小姑子推荐这老太太来这里，她才不信这种鬼话，当然，在"那个家"一切都可能发生。不过，也许这老太太从其他什么人那里听说了地址，比如说电车上，这种事时有发生。那个鬼话她编得可不好，而且，那老太太一副狡黠的表情，甚至连笑意都不肯隐藏。最好不要让她单独待在客厅里,柜子里可都是新买的瓷器。

"我要先吃早饭,"她说,"等我丈夫到了,我们再商量怎么办。"

她说话有外国口音,"小姑娘"听不太明白。不过她知道她得继续坐着。早餐的香气刺激着她的脾胃,一阵眩晕袭来,客厅黯淡了很多。她的嘴唇干巴巴的,火烧火燎一般,心不听命令地乱跳。早餐,早餐,她泪眼蒙蒙地微笑着。她的脚下,狗一边咬着自己的爪子,一边汪汪地叫。女佣也有一半外国血统,她身材高挑,脖子纤细,胸脯丰满。这女佣端来一盘又白又软的乳酪。女主人一句话都没说,就着面包干掉了大部分,然后把盘子推到儿子那儿。那孩子把乳酪全吃光了,现在他肚子饱饱的。他拿起一根牙签,站起来说:

"妈妈,给我一百克鲁扎多。"

"不给。你想干嘛?"

"买巧克力。"

"不行。明天是周日。"

一点点光照亮了"小姑娘":周日?周日前一天,她在这家人干什么?她说不好。不过她喜欢照看孩子。她一向喜欢金发的孩子:所有金发的孩子都像圣婴基督。她在这家干什么?他们会随随便便地呼喝她,不过她都可以干,走着瞧。她害羞地笑着:她什么都干，她就想吃顿早餐。

女主人向屋里喊了一声，女佣神情冷漠地端来一只深盘子，里面盛满了黑糊糊。外国佬早上吃得真多，这一点"小姑娘"在马拉尼昂就见识过了。女主人不苟言笑，佩德罗波利斯的外国佬和马拉尼昂的外国佬一样严肃。女主人舀了一勺白乳酪，用叉子绞碎，拌到糊糊里。说句实话，外国人吃的就是猪食。然后她专注地吃着，那副倒胃的表情跟马拉尼昂的外国人一模一样。"小姑娘"巴巴地看着。狗冲着几只跳蚤低声吠叫。

天光大亮时，阿尔纳多终于出现了，玻璃橱闪烁着晶光。他不是金发。男人低声地与妻子交谈，漫长的谈话过后，他冲动而又坚定对"小姑娘"说：

"这样不行。这里没有地方。"

老太太没有回应，依然微笑着。这一次他高声说：

"这里没有地方，听到了吗？"

"小姑娘"犹自坐着。阿尔纳多抄起手，打量着屋子里这两个女人，隐隐感到对比之下真有些滑稽。妻子身姿挺拔，面色红润。老人面容晦暗，神情委顿，干枯的皮肤垂堆在肩膀上。看着老太太那不怀好意的微笑，他不耐烦了：

"我现在忙死了！我给你钱，你坐火车回里约，明白吗？你回我妈家去，说：阿尔纳多的家不是收容所，知道吗？这里没地方。

你告诉他们：阿尔纳多的家不是收容所，知道吗？"

"小姑娘"接过钱，向门口走去。阿尔纳多坐下准备吃饭，"小姑娘"又出现了：

"谢谢。上帝保佑您。"

她站在大街上，又一次想起了儿子、女儿和丈夫。她并不思念，只是想起了他们。她向大路走去，离火车站越来越远了。她微笑着，仿佛开开玩笑而已：她不想立即回去，想先转一转。一个男人经过她身边。这时，一件无足轻重却古怪异常的事，闪现在她的脑海中：那时她还年轻，身边围着不少男人。她记不得任何男子的面庞，但是她看到了自己，穿着浅色的衬衫，长发披肩。干渴又一次袭击了她，烧灼她的喉咙。太阳灼热，烤得每一块白卵石滋出了火星。佩德罗波利斯的大路很美。

路中央有一座黑石雕刻的喷泉，一个赤足的黑女人灌了一壶水。

"小姑娘"停下来观望。她看到那黑女人随后用手掬着水喝。

等大路上没人了，"小姑娘"像出逃一样上前，蹑手蹑脚地接近了喷泉。清凉的水流顺着袖子淌到胳膊肘，细小的水滴挂在头发上，烁烁发光。

她心满意足而又心慌意乱，她继续前行，眼睛睁得更大。沉甸甸的水搅得胃一阵翻腾，仿佛光一样，唤醒了身体其他部位细微的反应。

路越升越高。这里的公路比里约热内卢的美得多，也陡得多。"小姑娘"在树旁的一块石头上坐下，想好好欣赏一下风景。天很高很高，没有一丝云彩。很多鸟儿从深渊飞到了大路上。阳光照耀下，白色的公路越过绿色的深渊延展出去。这时，"小姑娘"累了，她把头靠在树干上，死了。

快吃饭,儿子!

世界看上去是扁的,可是我知道它不是。你知道为什么看上去是扁的吗?因为当人们看世界的时候,天空总是在上面,它从来不在下面,也从来不在旁边。我知道世界是圆的,因为人们都这么说,不过,只有人们从上面看而天空又在下面的时候,它看起来才是圆的。我知道它是圆的,不过在我看来就是扁的。罗纳尔多就只知道地球是圆的,从不觉得它是扁的。

"……"

"因为我已经去过了好多地方,我看到美国的天空也在上面,所以我眼里的地球是对的。但是罗纳尔多从来没有出过国,他可能觉得只有这里的天空是在上面的,所以在其他地方世界不是扁的,只有巴西是扁的,他没去过的地方,世界就变圆了。人们跟他说什么他就信什么,他一点也不觉得应该自己觉得。妈妈,你是喜欢深盘子还是扁盘子?"

"扁……你说的是平盘子吧。"

"我也喜欢。深盘子看上去装得多，其实只能往深里装，但扁盘子可以往边上装，人们一眼就能看到装了什么。黄瓜看上去是不是很不真是？"

"不真实。"

"你为什么这么说呢？"

"人人都这么说。"

"不，我说的是为什么你觉得黄瓜看上去不真是呢？我也是这么觉得的。从侧面看，黄瓜长得都一样，放嘴里生冷生冷的，嚼的时候像玻璃一样咔嚓作响。你不觉得黄瓜像胡编出来的吗？"

"觉得。"

"豆饭是在哪里胡编的呢？"

"在这里。"

"或者是在阿拉伯？就像佩德里诺编其他瞎话一样？"

"在这里。"

"大猫冰淇淋店里的冰淇淋特别好吃，因为味道和颜色一样。你觉得肉有肉味吗？"

"有时候有。"

"我很怀疑呢！我只想看：是肉店挂着的肉吗？"

"不是。"

"也不是人们口里说的肉。你说肉有营养，我可闻不到肉味。"

"别说了,吃饭吧。"

"可你这样盯着我,也不像是让我吃饭啊!是因为你特别喜欢我,对不对?"

"对。快吃饭,保罗罗。"

"你就只想着这个。我说这么多就是为了让你别成天想着饭啊饭的,可你就是忘不了!"

宽恕上帝

我走在科帕卡巴纳的大街上,漫不经心地看着楼宇、人群与微露的海,什么都不想。我没有察觉到实际上我并非是漫不经心,而是一种不加努力的关注,这是自由,一种非常稀有的事物。我什么都看,胡乱地看。慢慢地,我察觉到我正在察觉事物。因而,我的自由得到了一丁点强化,但它依然是自由。这并不是巡视,那不是我的,也不是我想要的。但我觉得我满足于看到的这一切。

因此我拥有了一种从未听说过的感觉。出于纯粹的柔情,我感觉到我是上帝之母,是大地,是世界。同样出于纯粹的柔情,既不因为权势,也不因为荣耀,既没有优越,也没有平等,我成为了一切存在之母。我还知道,如果这一切真的和我感觉的一样,而并非是我的错觉,上帝任我安抚,没有一点儿骄傲或渺小,与我之间也没有任何承诺。我施展柔情很私密,这一点他可以接受。对我而言,这种感觉是全新的,但又十分笃定,我以前从未有过这种感觉,只是因为不可能有。我知道人们爱上帝的一切。用深沉的爱、庄严的爱、尊敬、恐惧与崇拜去爱。但从来没人和我说过可以用母性的柔情爱他。因此，既然我对孩子的柔情不会有局限，甚至会扩展，那么成为世界之母是我完全自由的爱。

就在此刻，我差一点踩到一只硕大的死老鼠。那一瞬间，因为生的恐惧，我汗毛竖立，那一瞬间，我整个人怔住了，极力控制住心底最深的喊叫。我几乎因为害怕而逃跑，在人群中盲目地跑，直到另外一个街区才停下，我倚着一根柱子，狠狠地闭上了双目，它们已经不想看更多东西。但那景象黏着在我的眼睑上：一只硕大的红老鼠，长长的尾巴，压得稀烂的腿，死了的、安静的、红色的老鼠。我对老鼠的恐惧无法计量。

我浑身颤抖地继续活着。我全然无措地继续前行，我的嘴因为惊愕像个小孩子。我试图斩断两件事的联系：看到老鼠与之前我所感觉到的一切。但没有用。至少有关联性连接着彼此。这两件事毫无逻辑地相互联系。我很害怕，因为一只老鼠竟然是我的对照。突然，叛逆攻陷了我：如此，我真的不可以毫不设防全然投入于爱吗？上帝想提醒我什么？血存在于一切之内，我不是那种需要提醒我这个的人，对我而言，精神性的词汇没有意义，凡间的词汇也没有意义。不需要把一只老鼠扔到我如此赤裸的脸上。不是在那一刻。从小时起，恐惧便恫吓我迫害我，老鼠已经嘲笑了我，过去的岁月里，老鼠已经焦躁又急迫地吞吃掉了我。是这样吗？我走在这个世界上，什么都不要求，什么都不需要，只是用单纯无辜的爱去爱，而上帝却把他的老鼠显现给我？上帝的粗暴伤害了我，侮辱了我。上帝真粗野。我走着，心门关闭了，我的失望无法安慰，就像童年时我的失望。我继续走着，希望能忘却。可我只想复仇。但面对一个万能的上帝，面对一个随时可以把我压扁就像压死一只老鼠的上帝，我又能复什么仇？我有的只是造物的无助。在我复仇的意愿里，我甚至无法遭遇到上帝，因为我不知道他最愿意待在哪里，什么又是他最愿意停留的事物，而我，焦躁地注视着那个事物，真的能看到他吗？那只老鼠？那扇窗户？还是地上的石头？他不在我的体内停留。在我的体内，我再也见不到他。

因此，我想进行弱者的复仇：啊！是这样吗？因为我再也无法保守秘密，我要说出来。先与一个人建立亲密关系，然后再讲出他的秘密，我知道这很无耻，但我要讲出来——你不要讲，即便只是出于柔情，你也不要讲，要把他的羞愧封存在你自己心里——但我要讲出来，是的，我要把我发生的一切散播出去，而且不会仅止于此，我会把他做的一切都讲出来，我要让他名声扫地。

……但谁又知道，这是因为世界也是老鼠，我曾经以为我做好了准备面对老鼠。因为我把自己想象得更强大。因为，对于爱，我犯了一个数学错误：我以为有了理解的相加，我就会爱。我不知道其实不理解的相加才会带来真正的爱。因为我，因为我有柔情，便以为爱是容易的。因为我不想要庄严的爱,我不懂得是庄严仪式化了不理解,把它变成了祭品。也因为我很好斗,我的方式是斗争。因为我总是试图用我的方式达到目的。因为我依然不知道妥协。因为在我内心深处,我想爱我所爱,而不是那个东西。因为我依然不是我自己,因此我受到惩罚,爱上一个不是它自己的世界。因为我胡乱地冒犯自己。也许我之所以需要人们粗暴地跟我说话,是因为我很固执。因为我有强烈的占有欲,因此,我被人讽刺地问是不是也想占有那只老鼠。因为只有当我的手抓住老鼠之时,我才能成为一切之母。我知道如果我没有因为最差劲的死亡而死亡,那我便永远不会用手抓住老鼠。因此,我利用了圣歌,它在盲眼者之间歌咏,诉说他们不知道也看不见的事。因此,我利用了与我相去甚远的形式主义。因为形式主义没有伤害我的简朴,却伤害了我的骄傲,我之所以觉得我与世界如此亲密,是因为我降生为人的骄傲,但我依然用一声沉默的呐喊,从我自身中抽出这个世界。因为老鼠像我一样存在,也许我和老鼠都看不到自己,距离让我们平等。也许我不得不接受我的天性,我希望像老鼠一样死去。也许我觉得自己太过柔弱,因为我没有犯下我的罪。仅仅是因为我压抑了我的罪行,我便觉得我有无辜的爱。也许我无法注视一只老鼠,正如我无法轻盈地观瞧我备受压抑的内心。也许我不得不把我这种什么都成为的方式称作"世界"。如果我无法爱上我天性的尺度,那我又怎么能够爱上世界的广大？如果我想象"上帝"是好的，只是因为我很差劲，那我将无法爱上任何事：那将只是我自我指责的方式。我，甚至不曾审视完自己，便选择了我的对立面，并把我的对立面称作"上帝"。我，再也无法做习以为常的我，我希望世界不要扰乱我。因为我，我只能臣服于我，我比我自己更不可弯折，我希望补偿我自己，用一块不如我暴烈的土地。因为我之所以爱上一位上帝，是因为我不爱自己，我是既定的骰子，我更伟大的生命游戏不会开始。当我造出上帝时，他并不存在。

引　诱

她在啜泣。仿佛下午两点钟依然不够明亮似的，她有一头红发。

空荡荡的街道上，石头热得颤抖——这女孩儿的头在喷火。她坐在家门口的台阶上，强自忍受着。街上没有什么人，只有一个人在公车站徒劳地等车。她的目光温顺而耐心，但这似乎还不够，啜泣时不时地打断她，手支撑着的下颌微微地抖动。能拿这个哭着的红发女孩怎么办呢？我们无言地面面相觑，用沮丧抵御着沮丧。寂寥的街道上，没有车来的迹象。黑发的世界里，红发是不由自主的叛逆。将来的一天，这个标记会让她目空一切地扬起这颗女人的头颅，但这又有什么干系？此时此刻，下午两点钟，她坐在门口冒火的台阶上。一个老旧的女用手包拯救了她，搭扣已经坏了。她对它有种老夫老妻般的依恋，用膝盖紧紧地夹住它。

就在此时，她在世间的另一半，格拉亚乌①的一位兄弟，走近

---

① Grajau，里约热内卢的一个街区。

了。交流的可能就在炎热的街角出现了,它附身于一条狗上,还有一位太太的全程参与。这是一条漂亮但可怜的巴吉度犬,有着一种命中注定的温和。他是一条红毛的巴吉度。

他颠着跑在主人前面,拖曳着他的问候。这条狗,毫无戒心,习以为常。

女孩惊讶地睁大眼睛。那狗仿佛得到了温和的通知,在她面前停住。他的舌头颤动着。两个人互相看着。

太多生灵已然做好成为另一种生灵主人的准备,女孩也跻身其中,她来到人世,就是为了拥有这条狗。他微微地颤抖,一声也不吠。她着迷而又严肃地透过头发注视着他。多少时间过去了?一声强烈的哭声不合时宜地震颤着她。他不再颤抖了。她也克制了啜泣,继续注视着他。

二者的头发都很短,都是红色。

他们彼此说了什么?不知道。只知道他们飞快地交流,因为没有时间。也知道他们无言地相互要求。他们腼腆而又迫不及待地相互要求,这让他们震惊。

如此模糊的不可能中,如此强烈的太阳里,那里有这红发女孩要的结果。如此多的路可以去跑,如此多的大狗,如此多干涸的下水道——那里有一个红发女孩,仿佛是他红色的肉中之肉。他们深深地对视,全神贯注,仿佛身不在格拉亚乌。又一个刹那,悬置的梦破碎了，也许这是对彼此要求的严重性的妥协。

但这两人彼此承诺。

她，以她不可能的童年承诺，只有当她成为一个女人时，才会打开那纯真的内心。他，以他被禁锢的天性承诺。

主人举着阳伞，等得不耐烦了。红毛巴吉度终于放开了女孩，梦游一般地离去。她吓呆了，手紧紧地握住这件事，沉陷于沉默中，爸爸妈妈都不会懂。她从手包与膝盖上探出身子，那双难以置信的眼睛追随着他，直到看他转过另一个街角。

但他却比她更强大，只回头看了她一眼。

蛋与鸡

清早,在厨房的桌子上,我看到了那枚蛋。

我只用看看那枚蛋。我立即发现根本不能看蛋。看蛋从来无法停留在此刻:我一看到蛋,便是在三千年前看到了蛋。——看到蛋的那一瞬间,便成了对蛋的回忆。——只有看过蛋的人才看到蛋。——只要他一看到蛋,便为时已晚:看到了蛋,失去了蛋。——看到蛋是一种应许:有一天会去看蛋。看是暂短的、不可分的;如果有思考;没有思考;有蛋。——看是必要的工具,用完就可以扔掉。我会拥有蛋。——蛋没有自我。蛋作为个体并不存在。

不可能看到蛋:蛋是超视觉的,就像超音波一样。没有人有能力看到蛋。狗能看到蛋吗?只有机器看得到蛋。滑轮看得到蛋。——当我古老时,一枚蛋在我的肩膀上停留。——对蛋的爱也无法感受得到。对蛋的爱是超感觉的。人不知道他爱蛋。——当我古老时,我是蛋的保管者,我轻轻地行走,为了不冲撞蛋的静谧。当我死去时,人们从我身上小心地拿出蛋。他还活着。——只有看得见世界的人才看得到蛋。蛋就像世界一样显而易见。

蛋不复存在。就像星星的光死了，本义的蛋不复存在。——蛋，你是完美的。你是洁白的。——我把开始奉献给你。我把初次奉献给你。

我把中国人民奉献给你。

蛋是一种悬空的事物。蛋从不停留。他停留也并非自己停留。是他下面的事物停留。——我在厨房里以表面性的关注看着这蛋，以便不把他打破。我尽最大的小心，以便不去理解他。不可能理解他，我知道如果我理解了他，那是因为我错了。理解是错误的证明。理解他不是看他的方式。——思考蛋从来不是曾经看过蛋的方式。——难道我真的知晓蛋吗？我几乎确定我知晓。因此：我在，故我知。我所不了解的蛋是真正重要的。我所不了解的蛋给了我本义的蛋。——月亮上住满了蛋。

蛋是一种外化。有壳是自我给予。——蛋光裸了厨房。让桌子变成了倾斜的平面图。蛋在展示。——在蛋中深化意义的人，看到更多蛋表面之外的事物的人，想要的是另一件事：他饿了。

蛋是鸡的灵魂。鸡很拙笨。蛋一向正确。鸡很容易害怕。蛋一向正确。就像戛然而止的飞弹。因为蛋是空间中的蛋。蛋是蓝色之上的蛋。——我爱你，蛋。我爱你，就像一件东西，根本不知道自己爱其他东西。——我不摸他。我指尖的神经末梢看得到蛋。我不摸他。——但投入于看蛋等同于世俗生命的死亡,而我需要蛋清与蛋黄。——蛋看到了我。蛋表意了我吗?蛋冥思了我吗?不,蛋只是看到了我。蛋不会拥有伤人的理解。——蛋从不斗争。他是一种才能。——蛋用肉眼看不到。从蛋到蛋接近了上帝,因为他也用肉眼看不到。——蛋可能从前是三角形,在空间中滚啊滚,最后变成了蛋形。——蛋根本是个罐子吗?是伊特鲁里亚人造的第一个罐子吗?不是。蛋是马其顿人的创造。他在那里被计算,是最为艰苦的自然而然的结果。在马其顿的沙滩上,一个男人手拿树枝画出了他。然后用赤裸的足抹去。

蛋是一种要多加小心的东西。因此,鸡是蛋的伪装。为了让蛋穿越时间,鸡才存在。母亲就是干这个的。——蛋一生流亡,因为相对于他的时代,他实在领先太多。——因此,蛋一向是革命者。——为了不让人们把他称为洁白之物,他在母鸡体内生活。他的确是洁白的。但不可以把蛋称作洁白之物。并不是因为这样做对他不好,而是如果人们把蛋称为洁白之物,这些人就会向着生而死亡。把本来就是洁白的事物称为洁白之物会毁灭人类。有一次,一个人成为了本来就是的人,因此横遭指控,并被称为"那个人"。人们没有撒谎:他的确是。然而直到今天我们依然不能恢复自我,一个接一个。我们继续存活的法则是:可以说"一张美丽的脸",但,谁要是只说了"脸"就会死去;因为他穷尽了这件事。

随着时间的流逝，蛋变成了鸡蛋。其实不是这样。可是他使用了化名。——必须要说"鸡蛋"。如果只说"蛋"，便穷尽了这件事，世界变得光秃秃。——关于蛋，危险在于人们发现了有一些东西可以被称作"美丽"，这就是所谓真实性。蛋的真实性并非是逼真。当人们一旦发现，会逼着蛋变成长方形。蛋没有危险，他不会变成长方形。（我们能做出这种保证是因为他不能：不能是蛋伟大的力量：他的伟大来自于不能的伟大，就像不愿一样蔓延。）但那个努力奋斗想把他变成长方形的人会失去生命。蛋把我们置于危险之境。我们的优势在于蛋是不可见的。而至于初修者，正是初修者掩藏了蛋。

关于鸡的躯体，这是蛋不存在的最好证明。只要看一眼母鸡，一切便昭然若揭：蛋不可能存在。

那鸡呢？蛋是母鸡伟大的牺牲。蛋是母鸡一生背负的十字架。蛋是母鸡难以企及的梦。母鸡爱蛋。她不知道蛋的存在。如果她知道体内有蛋，会自我拯救吗？如果她知道体内有蛋，会失去母鸡的状态。做母鸡是母鸡的苟活。苟活亦即拯救。因为仿佛活并不存在。活导致死亡。因此，母鸡所为是永远的苟活。苟活被称为对必死之生命的斗争。做母鸡就是这样。母鸡有一种局促的气质。

必须让母鸡不知道蛋的存在。否则，她会作为母鸡自我拯救，这并不一定成功，而且会失去蛋。因此她不知道。为了让蛋使用鸡，母鸡才存在。她只为自我圆满，然而她喜欢这样。母鸡的倾颓来自于此：喜欢并不构成出生。喜欢活让她痛楚。——关于哪一个在先的问题，是蛋发现了鸡。鸡并非受召而来。鸡是一种选择。——鸡仿佛在梦中生活。她没有真实感。鸡的所有恐惧在于人们总是打破她的胡思乱想。母鸡是一种浓重的困意。——母鸡因为一个不了解的东西而受苦。母鸡不了解的事物是蛋。——她不知道该怎样辩解："我知道错误在于我自身"，她把她的生命称之为错误，"我只知道我感觉到的东西"，等等。

"咯咯哒，咯咯哒，咯咯哒"，母鸡可以这样叫上一整天。母鸡有很多内心生活。说实话，母鸡有的只是内心生活而已。我们看到的她的内心生活被我们称为"母鸡"。所谓母鸡的内心生活，是说她行动，仿佛她懂得这一切。面对任何威胁，她会声嘶力竭地呼叫，恍若傻瓜一般。这一切都是为了不让蛋在她体内破碎。在母鸡体内破碎的蛋就像血。

母鸡看着天际。仿佛从天际那儿能看到蛋款款而来。母鸡是蛋的搬运方式，除此之外，她愚蠢、平庸、游手好闲。母鸡又如何懂得她是蛋的对照？蛋依然是马其顿首创的蛋。而母鸡永远是更为现代的悲剧。她一向无用地知道。并且不断被重画。到现在依然未能找到母鸡最理想的形状。我邻居接电话时，他漫不经心地用铅笔重画着母鸡。母鸡一无所长：对自己没用是她的特性。因此，她的命运比她更重要,蛋是她的命运,而对她的个人生活,我们丝毫不感兴趣。

在她的自身中,母鸡认不出蛋。在她自身之外,母鸡同样认不出蛋。当母鸡看到蛋,她觉得她正在与一件不可能的事物打交道。她的心跳动着,她的心剧烈地跳动着,她无法认出蛋。

突然,我在厨房里看到了蛋,我只在他身上看出了食物。我认不出他,我的心跳动着。变形在我的体内发生:我开始再也无法看到蛋。在每个具体的蛋之外,在每个被吃掉的蛋之外,蛋并不存在。我再也无法相信蛋。我越发没有力量相信,我要死了,永别了,我看蛋看得太久,他让我睡着了。

母鸡并不想牺牲自己的性命。母鸡选择了"幸福"。母鸡没有发觉,如果她终其一生在自身中画着蛋,就像在一幅彩画中涂抹,她其实是有用的。母鸡不知道失去自我。母鸡以为她拥有羽毛是因为她拥有珍贵的皮肤需要掩盖,她并不明白羽毛是为了舒缓这段携带着蛋的旅程,因为强烈的痛楚会伤害蛋。母鸡以为快乐是她的禀赋,但她并不明白这不过是造蛋时让她漫不经心而已。母鸡不知道"我"不过是接电话时被画出的一个词汇,这仅仅是一种尝试,想去找到更理想的形象。母鸡以为"我"意味着拥有自我。会伤害蛋的母鸡是那些没有停歇的"我"。但她们之内,"我"是一种常态,因此,她们再也不可能念出"蛋"这个词。但这正是蛋所需要的。

因为，如果不是这般漫不经心，而是全神贯注于体内创造的伟大的生命，她们会把蛋压碎。

我曾开始谈论鸡，但很久以来，我并没有在谈论鸡。可是我依然在谈论蛋。

我无法理解蛋。我只理解打破的蛋：我把他打在煎锅里。我以这种间接的方式向蛋的存在投降：我的牺牲在于把我限制在个体生命之内。从我的快乐与痛苦中，我造就了伪装的命运。对于已经看到了蛋的人来说，只拥有自己的生活是一种牺牲。就像修道院中的人，扫地洗衣，没有伟大使命的辉耀，但是有用，我的工作是活在我的快乐与我的痛楚之中。这需要我有活的谦卑。

我在厨房里又拿起了一枚蛋，我打碎了他的壳与他的形状。从这一时刻开始，蛋不复存在了。我全神贯注，我漫不经心，这一切真真正正无可或缺。我是不可或缺的背离者之一。我是共济会的一员，看到了蛋，背离了蛋，把这作为保护他的方式。我们不愿破坏，并深为苦恼。我们，这些因子，为了并不彰显的使命伪装与播撒，我们有时能彼此认出。某种凝望，某种扶助，让我们彼此认出，并把这一切称为爱。这样，伪装不再是必要的。爱是给予时才有深入。很少人喜欢爱，因为爱是对其他一切失去幻想。很少人承担得了失去其他所有幻想。有一些人自愿去爱，因为他们认为爱会丰富个人生活。其实恰恰相反：爱其实是一种贫困。爱是不拥有。

甚至可以说，爱是对人们认为的爱失去幻想。爱不是奖赏，因此它不会让人高傲。爱不是奖赏，爱是一种条件，特别地给予这些人，如果没有爱，他们会用个体的痛苦腐蚀掉蛋。这一切不会让爱成为光荣的特例；爱注定给予那些坏的因子，如果不允许他们模糊地猜测，他们便会压破所有的一切。

为了让蛋出世，诸多的好处一并被配给所有的因子。这不会产生嫉妒，因为和其他条件相比，一些条件虽然较差，但对蛋而言，依然是理想的条件。至于快乐，因子甚至也不带骄傲地接受了它。他们朴素地活在所有的快乐中：为了让蛋出世，这甚至是我们的牺牲。甚至，我们被强加了一种全然安于快乐的天性。这很省事。至少让快乐不那么艰难。

有时，因子会自杀身亡：他们认为得到的指示太少，觉得彷徨无助。某种情形下，因子会当众宣布他是因子，因为他承受不了不被理解，没有他人的尊重，这让他忍无可忍：他从一家饭店出来，就被车压死了。还有另外一种情形，他压根不需要被消灭：在叛逆中，他深受其苦。当他发现他接受的两三条指示没有任何的解释，他的反叛便开始了。还有第三种情形，他同样被消灭了，因为他觉得"真实要被勇敢地说出"，因此，他首先开始寻找真实，并声称自己会为真实而死，但事实上，因为他的天真，真实岌岌可危：他表面化的勇敢实是愚蠢，他忠诚的愿望太过天真，他不知道忠诚并非是洁净之物，忠诚是对其他一切的不忠。这几种极端的死亡情形并非因冷酷而起。一种普世之业要去实现，而个体的情形不幸未被考虑其中。学院、仁慈、不分理由的理解，以至我们作为人的生命，为了那些屈服并变成个体的人，这一切才存在。

蛋在煎锅中噼啪作响，我犹带睡意地准备着早餐。我丝毫感受不到现实，向着孩子们大吼大叫，他们从不同的床上挺起，拉开椅子，吃饭，一天之晨的工作开始了，喊着，笑着，吃着，蛋白混着蛋黄，争吵之中有快乐，一天是我们的盐，我们是一天的盐。活是极度可忍，活是全神贯注与漫不经心，活让人笑了。

它让我在我的神秘中微笑。我的神秘在于我只是中段，而非终点，它给了我最邪恶的一种自由：我又不傻，当然会好好利用。我不惜对其他人造成伤害。他们给了我一份虚假的工作，以掩饰我真正的使命，那么我就利用好这份虚假的职业，从中创造出我的真实。我要好好利用他们为了让我的日子好过了创造出蛋而每天给我的钱，因此我把这钱用到其他地方，我会挪用，最近我用这钱去炒股，我发达了。我依然把这所有的一切称作必要的活的谦卑。当然还包括给我的时间，给我们这些时间无非是希望我们在荣耀的闲暇里制造出蛋，因此我把这些时间都给了不正当的快乐和不正当的痛苦，全然忘记了蛋。这便是我的单纯。

这就是人们对我的希望，以便制造出蛋？这是我的自由？抑或是对我的驱使？因为我渐渐察觉到被我利用的全部都是我的错误。我的叛逆在于，对于他们来说，我什么都不是，我只是很珍贵：他们用全然匮乏的爱，每分每秒地照料我。我只是很珍贵。用他们给我的钱，我最近喝了不少酒。这是上瘾？抑或是信任？然而，如果一个人的工作是佯装背叛，并最终相信了自己的背叛，他的内心深处感受到了什么，谁也不知道。他的工作是日复一日的遗忘。这要求这个人必须不要名誉。连我的镜子都不再映照出我的脸。要么我是因子，要么是背叛本身。

可是我睡得很香甜，因为我知道我那无关紧要的生命不会搅乱伟大的时间进程。正相反：我要极度地无关紧要，这似乎正是对我的要求，我要睡得香甜，这似乎正是对我的要求。人们希望我全神贯注而又漫不经心，而且他们并不在乎方式。因为，我错误的关注与严重的愚蠢会搅乱通过我而创造的事物。而我，本义的我，只有在搅乱时才有用。我的命运超越了我，这种想法向我揭示出我可能是一个因子，至少人们不得不任我这样猜测，我属于那种如果不让猜测就会把工作搞砸的人。人们使我忘记了他们任我猜测的一切，然而迷迷糊糊间我发觉我的命运超越了我，我是他们实现伟业的工具。然而无论如何我只能成为工具，因为那伟业不可能是我的。我尝试过依靠自己生活，但失败了。直到今天这只手依然颤抖。如果我冥顽不灵，我会永远失去健康。从那时起，从那个失败的经验开始,我试图以这种方式推演:我已经得到太多,他们已经给了我能给我的一切;其他那些比我强很多的因子,也在为了并不知道的事而奋斗。他们获得的教导同样少之又少。我已经得到很多,比如说:有那么一两次,因为特权,我的心剧烈跳动,而我至少知道我没有认出!因为激动,我的心剧烈跳动,而我至少不明白!因为信任,我的心剧烈跳动,而我至少不知道。

而蛋呢?这是他们的一个遁词:当我说起蛋时,我早就忘记了蛋。"说吧,说吧。"他们这样教导我。太多的词把蛋保护得严严实实。多谈一点儿,这是其中的一个教导,我太累了。

出于对蛋的虔信,我忘掉了蛋。这是我必不可少的忘却。这是我出于私心的忘却。因为蛋是一种逃避。面对我占有欲一般的爱,他可能会逃遁,再也不回来。但是如果他被忘却。如果我做出牺牲,只去活我自己的生活,忘记了他。如果蛋是不可能的。那么,——那个自由的、脆弱的、没有给我任何音讯的蛋——也许他会从太空飘浮到我那扇总是开着的窗子。早晨,他会在我们的楼宇中降落。平静地来到厨房。在我的苍白中把厨房照亮。

百年宽恕

没有偷过的人不会理解我。没有偷过玫瑰的人一辈子不会理解我。从小时起,我就爱偷玫瑰。

累西腓的大街小巷数也数不清,富人居住的街道两旁,大宅掩映于花园深处。我和一位小朋友总爱玩一个决定宅子归属的游戏。"那幢白色的是我的。""不行,我早说过了所有的白房子都归我。""但这房子可不是全白,窗子是绿的。"我们长时间地停留,脸贴在栏杆上,只是看着。

故事就是这样开始的。一次,我们正在玩"此房归我"游戏,恰好经过一幢犹如小型城堡的宅子。园子的深处看得见大片的果树。近前的花坛里种着很多花,照管得很好。

嗯!花坛里有一朵孤独的玫瑰半开半合,颜色是娇嫩的粉红。我呆住了,艳羡地注视着那朵高傲的玫瑰,她还没有长成女人。就这样,我发自内心地想要这朵玫瑰。我想要,哦!我真的很想要!但我没有法子摘到她。如果园丁在,就算知道他会把我们赶出去就像驱赶野孩子一样，我还可以求求他。可是看不到园丁的踪影，一个人都没有。窗子外百叶窗垂下来，遮挡着刺眼的阳光。电车不走这条路，汽车也极少经过。我的沉默与玫瑰的沉默之中，一种愿望升腾而起，我要拥有那朵花，让她成为我的。我想拿起她。我想嗅她的香气，直到感受到浓郁馨馥里的黑暗。

因此，我实在忍不下去了。激情贯注的计划自然而然地形成了。不过，作为一位优秀的实施者，我冷静地与我的小女伴谋划着，告诉她什么是她的角色：她要注意窗子里的动静，或是园丁可能的出现，还要盯着街上星星两两的行人。她这边替我望风，我慢慢地打开了隔栅门，门有些生锈，开启时咯吱作响。我把那门开到只容我纤细的小女孩身材通过。然后我蹑手蹑脚飞快地跑在花坛的鹅卵石路上。终于来到了玫瑰前面，我的心仿佛跳了一百年。

现在我终于站在她面前。我停了片刻，这真危险，因为近在咫尺的她更美丽。我终于折断了花茎，玫瑰刺破了我的手，我吮了吮指头上的血珠。

突然，她就这样呈现于我的手掌里。我跑向大门口，一点声响也没发出。我紧紧地抓着玫瑰，钻出了半遮半掩的大门。我与玫瑰，两个苍白的生命，远远地跑离了这所房子。

我对玫瑰做了什么？我让她成了我的。

我把她带回家，放在水瓶里，在那里她至高无上，花瓣丰厚，绒毛纤细，现出深深浅浅的色调。愈向中心，颜色愈深，她的心几乎是红的。

这实在太好了。

这实在太好了，因此，我开始偷玫瑰。过程一向如此：一个女孩替我望风，我进去，折断花茎，手拿着玫瑰逃离。我的心跳动不已，我的光荣谁也夺不走。

我也偷番樱桃。我家附近有个长老会的教堂，外面被高大浓密的绿篱遮得严严实实的，谁也看不见。除了屋檐一角，我从来没有看过教堂的样子。绿篱是番樱桃树。但番樱桃的果实总是隐藏着，我一个都看不到。这样，我首先观察左右，确定没有人来，然后把手伸进藩篱，让手沉没其中，然后开始拨弄，直到手指感受到果实的湿润。很多次因为匆忙，我压扁了熟透的果实，手指上仿佛鲜血淋漓。采下的果实我就地吃了。太过青涩的，索性随手扔了。

从来没有任何人知道这件事。我不后悔：偷玫瑰和番樱桃的小贼可以得到一百年的宽恕。就像那番樱桃，她宁愿等别人摘下，也不愿贞洁地死于残枝。

外国军团

如果问我奥菲丽娅和她父母的事，我会诚实地回答：我不了解他们。面对同一个评审团，我也会回答：我不了解我自己——我会看着每一位评审团成员的脸，说：我不了解你们，那目光澄净，属于被顺从催眠的人。但是有时我会从冗长的昏睡中醒来，温顺地回到无序那柔弱的深渊。

我试着讲起那户人家，若干年前，他们消失不见，没有留下半点痕迹，对他们，我只存有一分因距离而变得锈绿的印象。今天，家里出现了一只小鸡，这件事竟不期然地勾着我想去知晓他们的行踪。一双手带着它来到我面前，希望为我奉上这新生之物。在我们放下它之时，它的美好立即俘获了我们。明天才是圣诞，然而我期盼了整整一年的安静却在基督降生的前一日到来。这啾啾叫的小东西唤醒了一种至细至微的好奇，倘若身处食槽之畔，那便成为了崇拜。"我的天！"我丈夫说。他觉得自己太大了。孩子们脏兮兮的，张着嘴靠近它。我有了一点儿勇敢，感到了幸福。小鸡，在啾鸣。

可是明天才是圣诞，最大的孩子怯生生地说。我们无助地微笑着。

然而，感触是一瞬间的水流。很快——当太阳晒得水流更轻盈之时，这水已然是另一种水；当水流试图噬咬石头之时，这水已然是另一种水；当脚没入水中之时，这水已然是另一种水——很快，我们的脸上不再只有微风与光亮。这只受苦的小鸡周围，我们良善而焦躁。善使我丈夫严厉而苛刻，对此，我们已经安之若素；他被钉上了一小会儿十字架。而孩子们则更严重一些，善是一种烧灼。对于我，善使我不安。不久之后，这水流已然是另一种水流，我们勉强地观望着，我们欠缺纯熟之善，并被此牵绊。这水流已然是另一种水流，慢慢地，我们的脸上现出一种实现愿望的责任感，心因爱而沉重，它已不再自由。小鸡害怕我们，我们不禁因此失态；我们都在那里，然而没有一个人配在小鸡面前出现；它每叫一声，我们便往外退却一点儿；它每叫一声，我们便什么都不能做。它那坚忍的怯意在指责我们轻佻的快乐，此刻，它已不再是快乐，而是折磨。小鸡的一瞬间过去了，而它却越来越急迫，驱赶着我们又不肯放开我们。我们，大人们，已经将感触封存。然而，孩子们中却流涌着一种安静的愤怒，他们在指责我们对这只小鸡以及全人类袖手旁观。我们，父亲与母亲，这连延不绝的啾鸣使我们产生了一种不由自主的听天由命感；事物就是这样。只是我们从未向孩子们讲起，我们羞于讲起；我们本该召唤他们并清楚地告诉他们事物就是这样，但我们无限地拖延时刻。越来越艰难，越来越安静，孩子们用爱将疲惫推开了一点点，那是我们希望回报给他们的东西。我们从未同他们讲起事物，在那一刻，我们不得不隐藏起那抹微笑，随着喙中发出的一声绝望的啾鸣，那微笑终于出现在我们脸上，那微笑仿佛是因为我们应该为事物就是这样而祈祷，而我们刚好做完了祈祷。

小鸡，在啾鸣。铺着天鹅绒的桌面上，它不敢往前迈步，不敢移动一下，它向着内心啾鸣。在这件只有绒毛的物事里，我不知道何处可以容纳这如此大的恐惧。绒毛覆盖了什么？几根细弱的骨头为了什么聚在一起？为了恐惧的啾鸣。在静寂之中，我们无法相互理解，因为孩子们在周围对抗着我们，因此，我们安静地观望着，耐心剩得不多。不可能和它说一个保证的词，让它不再害怕，不可能安慰一个生来就受惊的事物。如何向它承诺一种习惯？我们，父亲与母亲，我们知道小鸡的生命是多么短暂。小鸡也知道，一切活的事物都知道：通过深深的恐惧。

尽管如此，这只小鸡极其可爱，这个暂短而微黄的小东西。我希望它也能感受到生命的恩典，就像别人要求我们一样，它是其他人的快乐，而不是它自己的。它会感觉到自己很廉价，甚至没有必要，它的出生只是为了昭显上帝的荣光，因此，它是人类的快乐。但是爱，我们的爱希望这只小鸡幸福，只因为我们爱它。我也知道唯有母亲可以阻止出生，而我们的爱属于以爱为乐的人：我溶解于恩典之中，它让我生而会爱，钟声，钟声荡漾，因为我会爱。然而小鸡在颤抖，它是害怕的物事，而不是美丽的物事。

最小的孩子再也无法忍受了：

"你想成为它的妈妈吗？"

我小心翼翼地说我想。我是传音者，靠近了那件物事。我唯一会说的语言它根本不懂：我在爱，但没有被爱。我的使命注定失败，四个孩子以希冀的眼眸毫不妥协地注视着我发出的第一个爱的手势。我向后退了一点儿，全然孤独地微笑，我望着我的家人，希望他们微笑。一个男人与四个男孩盯着我看，毫不轻信却又充满信任。我是这宅子与这谷仓之中的女人。为什么那五个人如此冷漠，我不明白。在我羞怯的时候，我想让他们看着我，为此，我失败了多少次。我试图隔绝自我，不去面对那五个男人的挑战，我也要自我期盼，我也要记起怎么去爱。我张开嘴，就要对他们说出真相：我不知道怎么去爱。

然而，如果一位女士趁夜色来到我身边。如果她扯住儿子的领口。如果她说：救救我的儿子。我会说：怎么救？她会回答：救救我的儿子。我会说：我也不知道。她会回答：救救我的儿子。这样——这样，因为我不知道该做什么，因为我什么都记不起来，因为夜色深沉——这样，我伸出手，拯救了一个孩子。因为夜色深沉，因为我独自伫立在他人的夜色之中，因为对于我，这寂静太过庞大，因为我有两只手，可以牺牲最好的那一只，因为我没有选择。

这样，我伸出手，握住了这只小鸡。

在这一刻，我再一次看到了奥菲丽娅。在这一刻，我想起了这位见证人是一个小女孩。

稍后，我想起了我的女邻居，奥菲丽娅的母亲，她皮肤黝黑就像印度女人。紫黑色的眼圈让她美丽了许多，那一抹平添的疲惫让男人禁不住多瞧她一眼。一天，在广场的长椅上，孩子们在玩耍，她扬着头，那份执着一如望向沙漠的人，说："我想去上蛋糕课程。"我想起了她的丈夫——他的皮肤同样黝黑，两个人仿佛被干涸的色彩选中——他希望通过事业发展，实现地位的上升：成为旅馆经理或者老板，我不是很懂这些。这使他拥有一种强硬的礼貌。我们不得不一同乘坐电梯时，我更长久地接触了这礼貌，对话时他的语调中有一种大风大浪过来人的傲慢。我们抵达第十层时，他的冷漠让我感到卑微，这让他温和了一些；也许是因为到家了他会被人更好地伺候吧。至于奥菲丽娅的母亲，她躲避着我，因为害怕同居一层会让我们之间亲近，然而她不知道我也防备着这点。我们之间唯一的亲近发生在花园长椅，在那里，她，睁着那双有着紫黑眼圈的眼睛，张开细薄的嘴唇，谈起了做蛋糕。我不知道该怎么接茬，便说了一些话，让她知道我喜欢她，我喜欢蛋糕课。这唯一的共处时刻却让我们更加疏远，因为我们害怕会滥用理解。奥菲丽娅的母亲在电梯中同样很冷漠：第二天，我牵着儿子的手，电梯缓慢地下降，寂静压迫着我，我要保卫我，向另一个人说——我讲话的语调很愉悦，同时又让我反胃：

"我们要去孩子奶奶家。"

而她，却让我大吃一惊：

"可我什么都没问啊，我从来不干涉别人的生活。"

"这……"我低声说。

没等我出电梯，这一幕便让我想清楚了，为了花园长椅那一瞬间的相知，我付出了高昂的代价。它让我想明白了，或许她觉得信任我，而实际上却不是那么回事儿。它让我想明白了，可能她实际上并没有说超过我们感知的话。电梯继续下降，最终停下，这段时间里，我重建了花园长椅那一瞬间她那执着而又梦想的氛围——我以焕然一新的双眼迎向奥菲丽娅母亲那不可一世的美丽。"我不会对任何人讲你想做面包的。"我疾速地看着她，这样想。

锋芒毕露的父亲，自我保护的母亲。妄自尊大的一家人。他们那样对待我，仿佛我已经住进他们未来的旅馆，他们要求我付出代价，我以此冒犯他们。他们那样对待我，仿佛我全然不信，仿佛他们自己也无法证明他们是谁。他们是谁？我有时间自己。为什么耳光印刻在他们的脸上，为什么那个王朝被流放在外？他们不原谅我，我的行为也无法得到原谅：如果我在路上遇到这家人，除非我夹在人群之中，不然，我总会惊慌失措，会突如其来地后退，让他们经过，给他们让路——那三个衣裳亮丽皮肤黝黑的人仿佛要去望弥撒，那家人生活在骄傲或隐秘的殉道的图腾之下，如同受难之花一般红艳。那家人，古老的家族。

然而通过他们的女儿，我们实现了接触。那是一个异常美丽的小女孩，编着粗硬的长辫子，奥菲丽娅的眼圈同她母亲一样紫黑，牙龈同样有些彤红，嘴唇同样细薄，就像被削过一样。但是这一张嘴会说话。上帝派遣她出现在家里。门铃响了，我打开窥窗，什么都没看见，只听到一个决断的声音：

"是我，奥菲丽娅·玛丽亚·多斯·桑多斯·阿基亚尔。"

我意兴阑珊地打开了门。奥菲丽娅走了进来。她是来拜访我的，那时，我有两个孩子，他们年岁太小，跟不上她迟缓的智力。我是大人，我很忙碌，然而她是来拜访我的：她关注自身，仿佛有时间处理一切，她小心地掀起缝着花边的裙子，坐下，整理好花边——直到那一刻，她才看我。我那时正在誊写办公室的文件，一边工作一边听她讲话。奥菲丽娅，她给我忠告。对于一切，她都有成型的看法。我做的一切都有问题，在她看来。她以一种受伤的语调说"在我看来",仿佛我本该向她讨教,但是既然我没有讨,她只好主动给我。她以不可一世的养尊处优的八岁稚龄,告诉我在她看来我没有把孩子教养好,因为当她握手时,孩子们手忙脚乱。香蕉不能和牛奶搅拌。有毒。当然您可以想怎么做就怎么做;每个人最了解自己了。这个时辰穿居家袍可不太合适了;她的母亲一从床上爬起来就换了衣服,但是,每个人都可以过自己想过的生活。如果我解释说这是因为我还没有洗澡,奥菲丽娅会安静下来,认真地看着我。她温柔而又耐心地再告诉我这个时辰还没有洗澡真不应该。我永远说了不算。当她说做蔬菜包不用封口时我说的怎么能算呢?一天下午,在一家面包房里,我绝望地面对着那无用的真相:那里有一排蔬菜包,真的没有封口。"我早和你说了。"我听见了她的话,仿佛她就在身边。她摆动着辫子与花边,展示了纤巧与坚定,就这样走访了我未及整理的起居室。好在她也说了很多蠢话,使我在沮丧之中绽放出绝望的微笑。

拜访最坏的部分是寂静。我从打字机上抬起眼睛,不知道奥菲丽娅静静地看了我多长时间。我身上到底有什么能吸引这个女孩子?我不禁动怒了。一次,长久的寂静之后,她平静地对我说:"您可真怪。"我,我那没有任何防护的脸被直接打中了——脸面如此敏感,是我们的缺陷——我,被直接打中了,不禁愤怒地想:你求的可不就是我这种怪!她全身上下防护着,她的母亲防护了全身，她的父亲防护了全身。

所以，还是劝告与批评更得我心。她有个习惯，总喜欢用"所以"这个词连接渐进关系的句子，这有些让人难以忍受。她对我说我在集市上买了太多菜——所以——小冰箱装不下这么多——所以——下个集市之前这些菜就会烂掉了。几天之后，我眼看着菜烂掉了。所以，确实是这样。另一次，她看到厨房台子上的菜少了许多，我假惺惺地遵照她的意思去做。奥菲丽娅看啊、看啊，仿佛做好了准备什么话都不说。我站着，气势汹汹而又沉默不语地等待着。奥菲丽娅平淡地说：

"太少了，撑不到下个集市。"

半个星期不到，菜就没有了。她是怎么知道的？我好奇地问自己。"所以"大概等同于"可能"。可为什么我从来都不知道？为什么她什么都知道？为什么她熟悉这个领域，而我却毫无防护？所以？所以。

一次，奥菲丽娅犯了错。地理——她在我面前端坐，手指交叉，放于胸前——是一种学习方式。这也算不了什么错误，不过是一种想法的偏差——然而对于我，这里面有一种摔倒的优美，在那一瞬间消逝之前，我在心里对她说：就这样做！就这样！就这样一点点地干！将来，对你来说，这样或许更容易，也或许更难。但就这样干！慢慢地、一点点地犯错！

一天早上，在谈话中，她专断地通知我："我回家看一样东西，马上就回来。"我迎难而上："要是你很忙的话，就不用回来了。"奥菲丽娅沉默不语，探寻一般地看着我。"有一个女孩烦人死了。"我的想法很清楚，她可以从我的脸上看到这句话。她定定地看着我。在那眼神中，那惊奇而又悲伤的眼神中，我看到了隐忍的忠诚，我看到了对我的信任和从不讲话之人的沉默。我扔给她一块骨头，她就会追随我终生？我移开了目光。她安静地叹了口气。这次，她的决心更坚定："我马上就回来。"她到底想要什么？——我不安了——为什么我会吸引根本不喜欢我的人呢？

一次，奥菲丽娅在我家坐着，门铃响了。我去开门，正是奥菲丽娅的母亲，她一身防备而来，气势汹汹地说：

"奥菲丽娅·玛丽亚在吗？"

"在。"我在辩解，仿佛我诱拐了她。

"不要再这样了。"她对奥菲丽娅说，语气却仿佛指向我；之后她转过身来，突然间被触怒了："请原谅打扰。"

"别这样想，这个小姑娘很聪明。"

微微的愕然中，她母亲看了看我——然而怀疑却从她的双眸中一闪而过。从那双眼睛中我读出了这句：你想从她那里得到什么？

"我已经禁止奥菲丽娅·玛丽亚再来打扰您了。"现在，她的不信任一览无余。她抓住女儿的手，要带她走，仿佛在保护她脱离我的魔掌。我以某种败坏的兴致看过窥窗，无声地窥视着她们。她们两个正穿过走廊，往家门走去，母亲低声以爱的责备庇护着女儿，女儿无动于衷地摆动着辫子和花边。我关上窥窗时才发现还没有换衣服，所以，那位一起床就换衣服的母亲肯定都看在眼里了。我坦荡地想：好吧，现在连她母亲都看轻我了，这样，那女孩再也不会来了，我省事了。

但是她又来了，是的。对于这个孩子，我太有吸引力了。我的缺点太多，足够她尽情地忠告，这是一块沃土，供她的严格茁壮成长，我变成了我那个小女奴的领地：她又来了，是的，掀起裙边，坐下。

复活节就要到了，集市上都是卖小鸡的，我给孩子们买了一只。我们玩了一会儿，之后，它待在厨房里，孩子们到街上玩儿。稍后，奥菲丽娅出现了。我敲着打字机，时不时地走一下神。这酷似那女孩子的声音，这仿佛背书一般的声音，让我不禁怔住了，这声音在字与字之间蹦出，它在说，它在说。

突然，我感到一切戛然中止。我需要受苦，因此哀伤地看着她。奥菲丽娅·玛丽亚挺起了头颅，辫子却纹丝不动。

"这个是什么？"她说。

"什么这个？"

"这个。"她硬邦邦地说。

"这个?"

我们将无限地陷入"这个"的循环,倘若没有那女孩子奇特的力量,她不发一言,眼神便有了绝对的权威,迫使我去听她所听到的东西。她逼我专注,在这寂静之中,我终于听到了厨房中鸡雏微弱的鸣叫。

"是只小鸡。"

"小鸡?"她不相信地说。

"我买了一只小鸡。"我听天由命地回答。

"小鸡!"她又说了一遍,仿佛我辱骂了她。

"小鸡。"

我们纠缠在这个上,好像这样东西我刚看到而从前从来没有见过。

怎么回事?但事情已经变了。一瞬间,一只小鸡在她的眼中一闪,又倏然熄灭了,仿佛从未存在过。她投射了影子。一片深沉的影子覆盖着大地。有一瞬间,她的嘴不由自主地颤抖,几乎在想:"我也想要。"在这一瞬间,黑暗在她的眼眸深处变得浓稠,那里蕴藏着收缩的欲望,如果人们碰她,她会像含羞草的叶子一样关闭。在这不可能面前,她退却了,这不可能她曾经走近过,在试探中,这不可能几乎成为了她的:那双眼睛中,黑暗摇摆过,仿佛另一个人。一丝狡猾在她的脸上闪过——如果我不在那里,狡猾会唆使她偷东西的。她眨着眼睛,企图掩饰起敏锐,她的眼睛里,有着抢夺的意图。她迅速地望着我,那是嫉妒,你什么都有;那是指责,为什么我们不一样,我也要有一只小鸡;那是觊觎——她想让我给她。我慢慢地向椅背靠去,她的嫉妒揭去我的贫穷的外衣,让我的贫穷倍感焦虑;倘若我不在那里,她将偷走我的贫穷;她什么都想要。当贪欲引发的激动经过之后,她眼眸中的黑受尽了苦,我不仅把她暴露给一张没有防护的脸,现在,我把她暴露给人世间最美好的事物:一只小鸡。她的双眼没有看我,只是在强烈的出神中盯住了我,出神让她与我的内心发生了私密的接触。一件事在发生,仅凭肉眼我弄不明白。现在,她的欲望又回来了。这一次,她的双眸痛苦不堪,仿佛身体的其他部位正在脱离,而她却对此无能为力。在她的体内发生了解体,眼睛看到的越多,便越发被这肉体的努力吓住。纤薄的嘴唇残存了几分童稚,带有一抹紫红。她望着天花板——黑眼圈为她增添了一种至高的殉教感。我没有动,我看着她。我知道儿童死亡率的高发。她用一个大问题紧紧地裹住了我:值得吗?我不知道,我那越来越丰盛的宁静对她说,但就是这样。那里,面对我的沉默,她慢慢地进入了过程之中,如果她问了我那个大问题,我将不予回答。我必须得给她——而不求回报。必须得这样。她要坚持住,即便她不想。但我期待着。我知道我们就是那必将发生之事。我只能以沉默帮助她。费解使我晕眩,我听到身体里有一颗心在跳动，而那却并不是我的心。在我魅惑的双眼之前，在我的面前，就像一缕灵烟，她变成了一个小孩。

不是没有痛楚。寂静之中我看到了她那艰难的快乐中蕴藏的痛苦。那是迟缓如蜗牛的绞痛。她的舌头缓缓地舔过纤薄的嘴唇。（帮帮我，她的身躯在痛苦的撕裂中说。我在帮你，我的静止不动这般回答。）这是缓慢的剧痛。她全然地增大，再慢慢地变形。在对蛋的贪馋中，眼睛变成了纯粹的睫毛。而嘴唇，因为饥饿而颤抖。她几乎是在笑，仿佛躺在手术台上却说自己不是很疼。她不肯不看我：有她看不见的脚印，某个人曾走过那里，她猜测我已经走过了很多次。她的畸形越来越厉害，几乎与自己一模一样。我要冒险一试吗？我要任凭感觉发展吗？她在问询自己。是的，通过我，她回答了自己。

这第一声"是的"灌醉了我。是的，我的沉默向她的不语重复说，是的。一如我儿子降生的那一刻我对他说了一声：是的。我鼓起勇气向奥菲丽娅说了一声：是的，我知道她也会在孩童时死去而不被人察觉。是的，我酣醉地重复着，因为最大的危险并不存在：人要走时，会一起走，而你自己将永远在；就是这个，这个是你带在身上的，会让你成为你。

这是降生时的剧痛。直到彼时，我仍未见识勇敢。那是成为另一个人的勇敢，是分娩出自己的勇敢，是将旧日的身躯抛掷于地的勇敢。没有人会回答她是不是值得。"我",这个词的意思是她的身躯要被海水浸湿。是自己与自己的婚配。

奥菲丽娅缓缓地发问,发生的事让她必须谨慎:

"是小鸡吗?"

我没看她。

"是小鸡,是的。"

厨房里传出微弱的啾鸣。我们沉默不语,仿佛耶稣业已降生。奥菲丽娅在呼吸,呼吸。

"一只小鸡?"她用疑问来确认。

"一只小鸡,是的。"我小心地引导她走向生命。

"啊!一只小鸡。"她若有所思地说。

"一只小鸡。"我说,不想让她变得粗暴。

有那么几分钟,我感觉在我面前的是一个孩子。她完成了变形。

"它在厨房。"

"在厨房?"她装傻一般重复了一下。

"在厨房。"我又说了一下,我第一次具有了权威,没有再说其他话。

"啊!在厨房。"奥菲丽娅假装不在意地说,她抬起眼看着天花板。

但是她在受苦。我有些羞惭地发觉我其实在报复她。另一个人受尽辛苦却要装作无事,她看着天花板。那嘴,那黑眼圈。

"你可以去厨房和小鸡玩儿。"

"我……?"她口是心非地问。

"但是,得你自己想去。"

我知道我应该命令她去,这样她才可能免除这爱得太深的侮辱。我知道我不该让她选择,这样她才有借口说她不得不服从。但在那一刻,我用自由拷打她并不是为了报复。而是那一步,那一步她必须自己迈出。一个人,在此刻。她必须攀爬上山。为什么——我糊涂了——为什么我要将我的生命吹进她那张紫红的口中?为什么我要给予她呼吸?我怎么敢在她体内呼吸,如果我自己还……——只是为了让她行走,我才给了她这些艰难的步履?我向她呼出我的生命,只是为了有一天,她筋疲力尽之时,会倏然发现山峦已经来到了她的身边?

我有权利。但我没有选择。这是一件紧急之事,仿佛那女孩子的双唇已越来越红。

"如果你自己想去,可以去看那只小鸡。"我强硬地说,拯救者才拥有这种极致的强硬。

我们面对着面,我们毫无相似,我们的身躯远离着身躯:唯有敌意将我们相连。椅子上的我干枯而怠惰,为了让女孩完成另一个存在，为了让她坚定，能够在我体内斗争；奥菲丽娅愈恨我、愈要我承受她那憎恨带来的痛苦，她便愈强大。我不能替你经历这一切——我的冷漠对她说。她的斗争越来越逼近，终于降临于我，仿佛一个天生异禀的家伙在啜饮我的脆弱。在她利用我之时，她用力碾碎了我；在她攫住我那平滑的墙壁之时，她抓伤了我。终于，在低沉而缓慢的狂怒中，她的声音响了起来：

"那我就去厨房。"

"去吧。"我慢慢地说。

她慢慢地退后，一直保持着脊背的尊严。

她马上就从厨房回来了——她吓坏了，不知羞耻地用手盛着小鸡，在困惑中，她用双眼询问我。

"这是一只小鸡。"我说。

她看了看摊开的手掌，又看了看我，又再次看了看手掌——突然，她充满了紧张与忧虑，这让我也不由自主地卷入了紧张与忧虑之中。

"但是，这是一只小鸡啊！"她说，谴责从她的眼眸中闪过，仿佛我从没有告诉过她什么东西在啾鸣。

我笑了。奥菲丽娅受伤地看着我。突然——突然，她笑了。我们两个都在笑，那笑声有些刺耳。

我们笑过之后，奥菲丽娅将小鸡放在地上，让它走路。它走一步,她就在后面跟一步,仿佛给它自主是为了感受怀念;但是当它蜷起身子,她会匆忙地保护它,她感到遗憾,这只小鸡竟在她的统辖之下,"可怜啊!它是我的";当她握住小鸡时,会弯起手掌,因为它很脆弱——这是爱,是的,歧途之爱。它太小了,因此需要呵护,人们不能抚摸它,因为会造成危险;可不能随便抓它;你怎么做都行,但玉米粒太大了,它的喙全张开也装不下;它太柔软了,可怜的东西,这么小,所以,你可不要让你的孩子来摸它;只有我知道它喜欢什么样的抚摸;它很容易滑倒,所以厨房地面不是小鸡能待的地方。

很长时间里,我都在尝试重新打字,找回浪费的时间,奥菲丽娅哄了我一会儿,不久之后,她便只对着小鸡说话了,她因爱而爱。她第一次放开了我,她再也不是我。我看着她,她一身金黄,小鸡也一身金黄,他们俩嗡嗡地响着,仿佛纺锤敲着纺架。终于我有了自由,再也不会被打断;再见,我不无怀念地微笑着。

很久之后,我才发觉奥菲丽娅是在对我说话。

"我想……我想我还是把它放回厨房吧。"

"那就去吧。"

我没有看到她什么时候走的,也没有看到她什么时候回来的。某一刻,偶然间我走了神,感觉到似乎沉寂了很长时间。我看了她一眼。她坐着,手指交叉放在胸前。我不知道怎么回事,便又看了她一眼：

"怎么了？"

"我……"

"有什么事儿吗？"

"我……"

"你要上厕所吗？"

"我……"

我放弃了，又回到打字机前。一段时间后，我听到有声音说：

"我得回家了。"

"好吧。"

"如果您让我回家。"

我惊讶地看着她：

"好，如果你想这样……"

"那么，"她说，"那么我走了。"

她慢慢地迈步，无声地关上门。我看着那扇关闭的门。你真怪，我想。我又回到了工作中。

但是，我没法接着写完句子——我不耐烦地思考着，看了看钟——现在几点了？我意兴阑珊地问自己，试图找到到底是什么打断了我。就在我放弃的那一刻，我又一次看到了一张极其平静的脸：奥非丽娅。倒也算不上是灵光一闪，只是不经意间，一个念头让我更好地听到了我的感受。我慢慢地推开打字机，缓缓地扫清了路上的椅子，直到厨房的门，我才缓慢地站定。地上躺着死去的小鸡。奥菲丽娅！那逃遁的女孩促使我叫了出来。

隔着无限的距离，我看着地面。奥菲丽娅，我徒劳地想去接近那沉默不语的女孩的心。哦！你别害怕！有时，我们因为爱而杀害，但是我发誓有一天我们会忘记，我发誓！我们不会爱，听着，我又重复了一遍，仿佛要拉住她，在她放弃对真实的承担之前，在她骄傲地对虚空承担之前。我，不曾记得要告诉她没有害怕才会有世界。但我发誓，这是呼吸。我太累了，颓坐在厨房的凳子上。

我现在正慢慢地为明天准备着蛋糕。我坐着，仿佛这些年来我曾耐心地在厨房中等待。桌子下面，今天买的小鸡在颤抖。同样的黄，同样的喙。仿佛它在复活节向我们许下了承诺，在十二月里，她会回来。奥菲丽娅没有回来过：她长大了。她成为了印度公主，沙漠之中，她的部落在等待着她。

顺从的人

这是个很简单的境况，一桩讲完即忘的事。

但倘若有人不小心驻足，停留得比本该停留的时间更长，一只脚便会深陷其中纠缠不清。从这一刻开始，我们也将承担风险，这再不是一桩可供讲述的事实，而开始缺少不去背叛它的词语。此时，由于泥足深陷，事实不再是终将化作绵延回声的事实。因为倘若绵延太过，那终有一日会爆发，就像这个周日下午，几个星期未曾下雨，而今天，蒸腾的美丽依然在美丽中顽固地留存。这种境况面前，我油然而生一种肃穆，仿佛置身于坟墓之前。此时，最开始的那件事到哪儿去了？它变成了这个下午。我不知如何与它共处，我犹豫不决，不知该更具侵略性一些，还是小小受伤后缩成一团。最开始的那件事悬浮于这个周日晶光闪烁的尘埃中——直到有人打电话给我，我一跃而起，感激地舔着那个爱我解放我的人的手。

从时间上来说，所谓的境况是这样的：一个男人和一个女人结了婚。

我指出这个事实时，一只脚便已然深陷其中。我被迫去思考一些事情。即便我什么都不说，指出之后便结束这个故事，我却已经对那最不可辨识的思想负有了承诺。仿佛我早已看到白色背景上的黑色线条，那是一个男人与一个女人。我的眼眸凝视在这白色的背景之上，它有太多可看的东西，因为所有的词语都有阴影。

这男人与这女人开始——没有任何长远的目标，也不知道是人类的需求将他们牵引到此——他们开始尝试更紧密地生活。是要寻找指引我们向前的命途？还是本能将我们引向了命途？本能？

这种更紧密生活的尝试使他们经常性地检视收入与支出，从而权衡什么是重要的，什么又是不重要的。他们以自己的方式实现：不优雅，没有经验，但很谦虚。他们在摸索。这是一种恶习，两个人却太晚才发现：每一个人都坚持不懈地要把本质从非本质中厘清，亦即，他们从不使用"本质"一词，因为这不属于他们的世界。这几近受缚的模糊努力于事无补：情节日复一日地从他们身边逃走。比如，只有他们回顾过去的一日之时——这几乎完全献给了他们，因此徒劳无功——才会拥有曾经活过的印象。但那时天色已晚，他们穿上拖鞋，天色已晚。

对这对夫妇而言，所有这一切并不能构成境况。境况是指那件每一个人可以对自己讲述的事，在那一刻，每一个人侧身躺在床上，就在入睡前的那一瞬，他们圆睁着双眼。人们太需要讲述自己的故事。人们没有任何东西可供讲述。一声欣慰的叹息之后,他们闭上双眼,激动地睡熟。当他们盘点自己的生活,面对这种更紧密生活的尝试,他们却甚至无法囊括其中,只能把它扣除,就像收入税一般。慢慢地,他们越来越频繁地盘点,尽管没有技术队伍,也没有合适于思想的技术词汇。如果这也算一种境况,很显然这不是一种可以炫耀的境况。

但这并非全部。事实上,他们非常平静,因为对他们而言,"不引导""不创造""不犯错"与其说是一种习惯,不如说是一种心照不宣的荣幸。他们从来不曾想过不去顺从。

他们有一种无畏的笃信,有千万个一模一样的人,他们是其中的两个,这虔信正源自这种高贵的意识。"一模一样"是赋予他们的角色,亦是他们承担的使命。这两个人,戴好勋章,庄重高雅,如此感恩,如此文明,的确配得上那些一模一样的人投给他们的信任。他们属于同一种姓。他们不无激情与庄严地扮演好角色,无名者的角色,上帝之子的角色,就像同一俱乐部里的人。

也许只是因为时间执着的消逝,所有一切开始变得日复一日,日复一日,日复一日。有时,这让他们喘不过气。(无论男人还是女人都进入了关键的年龄。)他们打开窗,说天真热。他们并非在郁闷中生活,仿佛它从未给他们寄送过消息。而且,郁闷,是一种诚实感觉的生活。

不过，因为这所有的一切让他们无法理解，终于化作了他们之上的很多很多点，而且，如果这一切用言语表达出，他们将无法辨认出来——这所有的一切积聚起来，被人认作过去，融进了不可救药的生活。凭借着芸芸众生的沉默与好心人才拥有的受伤的气质，他们屈从于这种生活。他们融入这不可救药的生活，上帝希望他们如此。

不可救药的生活，但它并不是某种具体。实际上，那是一种梦中的生活。有时，当人们说起一个不依常理出牌的人，话语中总会浮现出某个阶级对待另一个阶级的仁慈："啊！那家伙过的是诗人的生活。"人们可能会这样说，他们对这对夫妇了解不多，却尽力应用了那少量的词汇，人们可能说这两人过得是蹩脚诗人的生活：有梦想的生活，只是不荒唐而已。

不，这不是事实。那并非是一种梦中的生活，因为它从不曾引导他们。而是一种非真实的生活。尽管有过那倏然的时刻，因为各种原因，他们沉陷于真实之中。那时，他们仿佛触到了河底，从没有人去过那里。

那就好像丈夫比平常略早一些回家而妻子还没有买完东西或拜访完朋友。这样，对丈夫而言，一条常流戛然切断。他小心地坐下读报，四周的静谧如此不语，仿佛身边有个死人都会打破。他严肃而诚恳地装出对报纸事无巨细的关注，耳朵竖立着。此时此刻，丈夫那惊愕的双足触到了底部。因为他无法在那里停留良久，所以并没有窒息的危险，触到底部意味着水在头颅之上。这些是他拥有的具体时刻。他毕竟强于逻辑理智清明，终于可以迅速逃离。他迅速逃离，尽管这并非是他的本意，因为妻子不在家竟然应许了一种危险的快乐，他于其中体验着什么叫作不顺从。他逃了出去，违背了本意，但毫无疑问，他顺从了人们对他的期盼。他不是背叛他人信任的逃兵。除此之外，如果这就是真实，那便没有生活于真实中或凭借它而生活。

而妻子更频繁地接触到真实，因为她更有闲，而且拥有的所谓事实更少，譬如同事、拥挤的公车与行政词语。她坐着补补衣服，真实便慢慢地到来。坐着补补衣服这种感觉持续下去，一切变得不可忍受。针突然落下构成 i 字，这种把一切容纳于存在的方式，这种所有的一切如此清楚地呈现出它本身的方式——这一切真是不可忍受。然而，当一切过去之后，妻子仿佛啜饮过可能的未来。不久之后，这女人的未来变成了她带回现实的某种事物，一样沉思与隐秘的事物。

令人惊讶的是，他们两个从来不触及政治、政府更迭或演变，尽管有时候他们也会谈到这些话题，就像所有人。事实上，他们是深藏不露的人，以至于当别人说他们深藏不露时，他们会因为这恭维而面面相觑。他们从来没有想过会被如此称呼。也许如果人们这么讲他们会更容易理解："你们象征着我们的储备役。"待一切发生之后，熟悉的人会这样说他们：都是好人。再没有其他可说的了，因为他们的确是。

没什么可说的了。他们就少一个严重的错误带来的沉重，很多时候，那不过是偶然间开启的一扇门。有时，他们会郑重其事地对待某一件事。他们是顺从的人。

这种顺从倒也并非是屈服：它就像一首十四行诗，因为对称的爱而顺从。对他们来说，对称是一种可能的艺术。

仿佛他们每一位都达成了结论：一个人，没有另一半，会经历得更多——这是一条亟待重建的漫长道路，而且劳而无功，因为很多人从不同的地方到达了同一个点。

在持续的幻想之中，妻子不仅鲁莽地得出了那个结论，而且，她的生命因此变得更漫长更惶惑，更丰富甚至更迷信。每一件事仿佛是另一件事的象征，一切皆是象征，甚至带有一点点天主教允许范围内的唯灵。她不仅仅鲁莽地成为了这种人——完全由于身为女人这个事实而导致了这个结果——，而且以为另一位男人会把她拯救。这还不能算成是荒谬。她知道这不是。理智半清半明使她困惑，她沉溺于冥想之中。

而丈夫生活在男子气概的氛围之中，他倍感煎熬，又深受影响。害羞而又实际的他，开始认为生活是由很多爱的冒险构成。

梦想家，他们开始因梦想而受苦。承担是一种英勇。对每一个人隐约窥到的一切保持沉默，为最合适的晚饭时间争论不休，一个人充满牺牲地为另一个人效劳，爱是牺牲。

这样，有一天，梦想喷出无数烟尘，妻子咬着一只苹果，突然，她感觉到一颗前牙破碎了。站在卫生间的镜子前，她不能再近地审视着自己，手中犹自拿着那只苹果——因此，她全然失去了前景——她看到一张苍白的脸，人到中年，牙齿破碎，还有那双眼眸……她触到了河底，水已经漫过了脖颈，五十多岁，却没有一张车票，她没有去看牙医，而是从窗口纵身一跳，人，储备役，我们不顺从的支柱，会从那跃下中感到如此多的感恩。

而他，一旦河床干涸，水不能淹没他，便在河底上行走，他看着地面，那身形矫捷，一如拄着拐杖。河床不期然地干涸，他惶惑而又毫无危险地走在河底上，那份敏捷属于会在前方摔成狗啃屎的人。

分面包

星期六，我们受邀去吃一场不得不吃的午餐。不过，我们太过喜爱周六了，简直不可以同不喜欢的人一起度过。每个人都曾幸福过，并打上了期待的烙印。我，我喜爱一切。我们被囚禁于彼处，仿佛自己的列车脱离了轨道，因而不得不在陌生人之间停靠。彼处的人不喜欢我，我也不喜欢彼处的人。至于我的周六，它在窗棂之外，于洋槐与影子之间摇摆，我宁愿不好好度过，把它禁闭在坚硬的手中，就像揉皱一方手帕。等待午餐时，我们毫无欣悦地喝着饮料，心里充满了怨恨：明天就是周日了。我不愿和你待在一起，我们的目光在说，绝无半点湿润，我们缓缓地吐出干涩的烟。一种不去分享周末的贪婪如铁锈一般慢慢地侵蚀、恶化，甚至任何一种快乐都是在侮辱更大的快乐。

唯有女主人不想节省下这个周六，决定在晚上的庭院里把它挥霍。怎么可以忘记人们总是想要更多？那一群人非她族类，好做梦，喜认命，只是在她家里等待，仿佛等待着第一列火车发车，随便哪一列火车都行——不需要停靠在空荡的车站,不需要勒住那匹马,那匹从心里向其他马儿狂奔而去的马。

终于,我们来到客厅,享用一顿没有饥饿赐福的午餐。当我们瞥见桌子,不禁目瞪口呆。这不该是给我们准备的……

这是给心甘情愿而来的人准备的餐桌。谁是主人真正期待却未曾到来的宾客?可是,宾客确实是我们。那么,不管对谁,女主人都会奉献出最好的东西吗?她欢快地为第一位陌生人洗脚。我们局促地看着这一切。

丰富的食物郑重其事地盛放在餐桌上。白色的餐布上麦穗堆积如山。有红色的苹果,大个的黄色胡萝卜,圆圆的蕃茄皮儿都要裂开了,葫芦瓜几乎要淌出绿色的汁水,邪恶的菠萝野气横生,橙子如橙一般宁静,刺瓜像箭猪一般根刺竖立,黄瓜以自身的坚硬封住了多汁的果肉,中空的红椒在眼睛中灼烧——这一切在口水与玉米湿润的汁水中纠缠,那汁液是彤红的,仿佛就挂在嘴唇。还有那一串串葡萄。那是黑葡萄中最紫最红的葡萄粒,简直等不及人们把它们嚼碎的那一刻。它们其实根本不在乎到底是被什么人嚼碎。西红柿不为任何人而圆:它们为空气,为圆润的空气而圆。这个周六属于到来的人。橙子润甜了第一个到来之人的舌尖。在每一位不该获得邀请的宾客盘边,这位为陌生人濯足的女人或是摆上一株麦穗,或是一串燃烧的水萝卜,或是一牙儿露出快乐的籽儿的红瓤西瓜,即便她不能选择我们,即便她不爱我们。青柠中隐约飘出的西班牙之酸将这一切戛然截断。大肚瓶中盛着牛奶,仿佛随山羊穿过悬崖峭立的荒漠而来。那千捣万碾而几乎呈墨色的葡萄酒,正在陶罐中晃荡。这一切放在我们面前。这一切不受人类扭曲欲望的污染。一切如其所是,而不是如我们的期待。它们只是存在,就这样。就像一块田野存在。就像一群山峦存在。就像男人与女人存在,而不像我们,贪婪的人。就像一个星期六存在。就像只是存在一般存在。存在。

不为任何事,吃饭的时间到了。不为任何人,这很好。没有任何梦想。我们一点儿一点儿地谙熟日子,一点儿一点儿地隐姓埋名,成长,变大,直至抵达可能的生命。这样,就像乡间的绅士一般,我们接受了这桌食物。

这不是场燔祭:它们希望被吃掉,我们也希望吃掉它们。没有任何东西可以留到明天,在那里,我奉献出我的感受,那一切让我感受到的感受。那是一种我用等待的痛苦无法提前支付的活法,是当嘴唇靠近食物时催生的饥饿。因为我们现在很饿,完全的饿,包纳了所有的食物与面包屑。一个人正在喝酒,眼睛却占有了牛奶。一个人正缓缓地喝着奶,却感觉得到另一个人在喝的酒。外面,上帝在洋槐之中。它们存在。我们去吃。就像给骆驼喝水。人们分好了肉片。粗鲁而乡野的亲切。没有人说别人的坏话,因为没有人说别人的好话。这是收获的飨宴,大家全部休战。我们在吃。这是一群乌合之众,慢慢地覆盖了大地。忙碌,就像在耕种存在,种、收、杀、活、吃。我以一种不会弄错食物的人所拥有的诚实在吃:我吃下食物,而不是它的名字。上帝从不曾这般被他的所是占据。食物粗鲁、严厉而又幸福地说:吃吧,吃吧,分吧。那一切属于我,那一切是我父亲的桌子。我毫无柔情地吃,我毫无怜悯地吃。我也丝毫没有想过希望。我毫无思念地吃。我配得上那桌食物。因为我不能永远守护我的兄弟,我也不能再守护我自己,噢,我再也不愿意。我不愿让生命塑形因为存在业已存在。就像我们脚下的地面一样存在。没有词说爱。没有一个词。但是你的欢愉理解我的欢愉。我们强大,我们吃。面包是陌生人之间的爱。

猴　子

　　家中第一次养猴是在那个新年前。家里没有水，也没有女佣，人们排着长队买肉，天一下子热起来。那一刻我惊得说不出话来，因为我看到一个礼物走入家门，吃了香蕉，拖着长长的尾巴迅速地审视了一切。他更像没长大的金刚，拥有可怕的潜能。他在挂满衣服的绳子上爬，发出水手般的呼号，还乱扔香蕉皮。我累坏了。我忘了这码事，漫不经心地走进客厅，结果那家伙乐呵呵地在那里，真把我吓坏了。我最小的孩子比我先知道我想把这只大猩猩送走的想法，他说："要是我肯定这猴子有一天会生病会死去，或者你知道有一天这猴子不知为什么就从窗户掉下去死在下面了，这样你肯让他留下来吗？"这只小金刚无意识地快乐，无意识地淫秽，我不得不对他的命运负责，因为他自己无法承担。一位朋友洞悉了我那无奈的接受与罪恶的梦想家气质，她粗暴地拯救了我：一阵快乐的嗡嗡声中，贫民窟的孩子现身并带走了那个傻笑的家伙，虽然新年过得了无生气，但我至少有了一个没有猴子的房子。

一年以后，我在科帕卡巴纳看到了一群人，我高兴了。一个男人在卖小猴。我想起了孩子们，想起他们带给我那么多快乐，全然忘却了他们同样也带给我不安，我想象着一根快乐的链条："接受快乐的人，会把快乐传导给下一个人"，然后下一个人再传给下一个人，就像火药爆炸噼啪作响。就在那儿，我买下了一只叫莱赛特的小猴。

她简直能放在手上。穿着裙子，戴着巴伊亚风情的耳环项链和手链。那副神情属于下了船依旧穿着故乡服饰的移民。那双圆圆的眼睛也同样属于移民。

她简直是个女人的缩版。她和我们待了三天。她的骨头是那样的细弱，她是那样的温柔。不但眼睛是圆的，连目光都是圆润的。她每动一下，耳环跟着摇摆；裙子总是整整齐齐，红色的项链闪闪发光。她渴睡，但吃饭不多，很疲倦。几乎不留痕迹的轻咬是她为数不多的亲昵。

第三天，我们在客厅里守着莱赛特，我们啧啧称奇，她就这样成为了我们的。"过于温柔了"，我思念起我的金刚。突然，我的心铁石一般回应道："但这不是温柔，这是死亡。"这冰冷的预告让我陷入了沉默。然后我告诉孩子们："莱赛特要死了。"我看着她，感知到我们投入的爱。我用餐巾包好莱赛特，与孩子们赶到最近一家急救站，那儿的医生正给一条狗做紧急手术，没法接待我们。我们又打了一辆车——莱赛特觉得她是出来玩呢，妈妈——我们来到了另一家医院。在那儿给她输了氧。

转瞬之间,莱赛特变得让我们不认识了:那双眼睛现在不圆了,拥有了更多的隐秘、更多的笑意,那张吻部凸出的脸平平常常,写满讽刺般的高傲;又给她输了一点儿氧,这给了她说话的意愿:她再也不能忍受是一只猴子;她曾经是,她还有很多话要讲。很快,她筋疲力尽,又一次挺不住了。又一次给她输氧,这一次还用了血清,针扎下去,她不禁乱动,手链叮叮当当地响。护工笑了:"莱赛特,亲爱的,安生点儿!"

诊断出来了:她活不成了,除非一直输氧,即便这样,活下来的可能也不大。"不要在路上买猴子,"他一边摇着头一边批评我,"有时会买到病猴。"不,得买有保证的猴子,知道来源,猴子至少得五岁,会爱,知道什么该做什么不该做,就像准备嫁人一样。我和孩子商量了一会儿,然后对护工说:"您很喜欢莱赛特吧。您这几天给她输氧,要是她好了,她就归您了。"但他还在考虑。"莱赛特很好看!"我哀求着说。他边思考边同意我的意见:"她很漂亮。"后来他叹了口气,说:"要是我能救得了莱赛特,她就归您。"我们离开了,手中的餐巾空空荡荡。

第二天他们打来电话,我告诉孩子们莱赛特死了。最小的孩子问我:"你觉得她是因为耳环死的吗?"我说是的。一个星期后,大孩子对我说:"妈妈,您和莱赛特真像!""我也爱你。"我这样回答。

索菲娅的祸端

不管从前做的是什么,他都放弃了,转而从事教小学生这项艰巨的工作:关于他,这是我所知道的一切。

老师很胖,身材高大,沉默不语,总是缩着肩膀。他没有突出的喉结,只有缩着的肩膀。他总穿一件短外套,戴一副无框的眼镜,一根金线横在罗马人一般的大鼻子上。而我被他吸引了。这不是爱,而是被他的沉默与教我们时强自克制的不耐烦所吸引,我猜,那不耐烦是被气到了。我开始在课堂上不好好表现。我高声喧哗,与同学打闹,讲笑话不让继续上课,直到他红着脸,说:

"安静,不然我就把你赶出教室。"

我受伤了,凯旋一般地挑衅道:"要赶就赶!"他没赶我,而是顺从了我。但我更恼火了,甚至觉得痛苦,因为我竟然成了那个我以某种方式爱着的人的憎恶对象。我爱他,并非是以女人、有朝一日我会变成的女人的方式,而是一个孩子试图拙笨地保护一个成人,那是一个还没有成为懦夫的人看到一个如此强壮的男人却有着如此倾颓的肩膀时所迸发出的愤怒。他激怒了我。晚上，睡觉之前，他激怒了我。我那时九岁多，坚硬的年龄，就像一只秋海棠未折的花茎。我折磨着他，就在得逞的那一刻，殉教者一般的光荣里，我的嘴里却感受到无可忍受的酸涩，仿佛秋海棠在牙齿间碾碎。我激动不安地啃着指甲。早上，我穿过学校的大门，脸洗得干干净净，一边走一边喝着我的牛奶加咖啡，当我亲眼看到那个男人时，我震惊了，因为他，我在临睡前陷入了谵妄，那一瞬宛如地狱。从时间的表面性来看，那不过是一瞬，然而，以时间的深度而言，那是蕴藏着黑暗甜蜜的久远世纪。早上——仿佛我并不拥有那个人真实的存在，因为他，我那些关于爱的黑暗之梦才得以释放——早上，我看到这个穿着短外套的高大男人，震惊之中我被抛向了羞耻、迷茫与骇人的希望。希望是我最大的罪孽。

我开始为拯救这个男人而斗争，每一天，这微不足道的斗争都会焕然一新。我全是为了他好，而他却以仇恨回报。伤心的我成了他的魔鬼与折辱，我是地狱的象征，活该他教那个无心向学的美好班级。我不肯放过他，这最终变成了一种可怕的快乐。这场游戏一如往常地让我着迷。我不知道我正遵从着古老的传统，但我有一种智慧，坏人——那些于惊骇之中啃咬指甲的坏人——生来便具有这种智慧，我也不知道我所遵从的事其实在世间屡见不鲜，就这样，我成了婊子，而他成了圣徒。不，也许不是这样。词语先我而行并超越了我，它们试探我、改变我，倘若我此时不注意，便会悔之晚矣：不需要我将事物说出，事物终会被说出。或者至少，并不仅限于此。我的困惑在于一张地毯由太多线织成，而我不能听天由命地只去追随其中的一条；我的构思源自一个故事由诸多故事组成。但不是所有的故事我都能讲述——一个至为真实的词语可以通过峭壁之间的回音盘旋让我那些高皑的冰川崩塌。因此，我不再讲述临睡之前我陷入妄想时激起的漩涡。不然，我自己会忘却我那令人绝望的忘我，而误以为是这温柔的涡流将我推向了他。我成为了诱惑他的人，没有人把这重责强加于我。我要通过诱惑把他拯救，这个任务错误地落到了我的手上，真遗憾！因为那个时代的所有大人与所有小孩之中，我是最不堪重用的那个人。"这姑娘真不是一朵香花儿"，家中的女佣这样讲。但我仿佛孤身一人陪伴着一位登山者，他因为害怕而瘫软在峭壁旁，我什么都做不了，但至少可以试着阻止他滑向深渊。老师运气不好，那人迹罕至的地方，他身边只有一位世间最不靠谱的人。无论我这边有多么危险，我也不得不把他拉回我这边，因为他那一边意味着死亡。我这样做了，就像一个孩子拉住大人的衣襟。而他却不看我，也不问我想干什么，把我推开，扬长而去。我继续拉住他的衣襟，我唯一的武器是执着。而他什么都不知道，只看到我扯坏了他的口袋。说真的，连我自己都不知道我要做什么，没法窥见我和老师交缠的生命。但我感觉我的角色恶毒且危险：对一种迟迟不至的真实生活的贪念推动着我，而且，我不但笨拙，更可恶的是我乐于扯坏他的衣袋。只有上帝会原谅我的一切，因为他知道我从哪里来又向何处去。因此，我听凭自己成为上帝的质料。成为上帝的质料是我唯一的善。以及一种新生的神秘主义的源泉。说它是神秘主义，并非因为上帝，而是因为上帝的质料，而是因为残酷却充满快乐的生命：我是慕教者。我接受我所不知之事的广袤，我怀着忏悔者的隐秘，全然地相信这广袤。难道是为了那未知的黑暗，我才诱惑了老师？我拥有方室之内修女的炽热。啊！我是快乐而邪恶的修女。然而，我可不能因此而自以为是：在这个阶级中，我们大家都是同等的邪恶与温柔，是上帝贪婪的质料。

然而，如果说正是他那肥胖而倾颓的肩膀与那紧绷的短外套让我心有戚戚，我的连声大笑却使得他费尽气力装成不在乎我，那肩膀因为过于自控而佝偻得更加厉害。这男人对我的反感如此强烈，以至于我讨厌自己。终于，无能为力的脆弱替代了我的笑声。

学习嘛我在课堂上就没有学习过。我要让他不幸，这一场游戏占据了我太多。两条长腿与后跟磨损的鞋子以一种放肆的苦涩支撑住我，我感到羞辱，因为我还不是怒放的鲜花，而且，我尤其感到煎熬，因为这童年如此巨大，我害怕它永远不会有尽头——我把他变得更加不幸，高傲地甩着我唯一的财富：一头顺滑的直发，我计划有一天把头发烫了，这样才会更美，为了那个将来，我早就开始练习甩头发了。学习嘛我是不学习的，我全然相信这一向顺遂的游手好闲，而老师却把它当作这个招人恨的女孩的又一个挑衅行为。这件事上他真的错了。事实是我没有闲工夫学习。快乐让我忙碌，专注每日占据着我；有些故事书让我边读边咬指甲，一直咬到指甲心儿，最初的悲伤之迷狂中，我就已经发现了升华；有些男孩子我选择了而他们没有选择我，有时，我沉浸于痛苦之中因为他们遥不可及，有时，我痛苦地用柔情接纳了他们，因为这个男人是我的创造之王；期待已久的罪孽将至，等待之中我被害怕攻陷；更何况，在想与不想成为我所是的人之中，我被永远地攻陷；我下不了决心成为哪一个我；我无法成为全部的我；出世为人布满错误亟待修正。不，我不学习可不是为了激怒老师；我的时间只能用来长大。我的成长缺少优雅，更像是计算错误的结果；我的腿和眼睛不般配，嘴唇容易动情而手却肮脏地分叉——在我的匆忙之中，我长大成人但不知去向何处。然而，一张当时的照片里却现出一位发育良好的女孩子，野性而又温柔，厚重的刘海下，有一双爱思考的眼眸，这张真实的肖像无法揭穿我，不过显出一个陌生的幻影，我不知道我是不是始作俑者。只有在很久之后，当我的身体最终发育完了，当我终于感到更有安全感时，我才可以冒险去学习一会儿；之前，我不可能冒着风险去学习，我不想给我自己捣乱——我本能地去注意我所是的那个人，虚荣地滋养着纯正的无知。很遗憾，老师没有机会见到四年之后我不期然的变化：我十三岁，手儿干干净净的，洗过了澡，一切整然有序美丽得体，他本该看到这样的我，仿佛一幅悬挂在顶楼阳台上的圣诞彩画。然而却不是他，而是一位我曾经的朋友来到我家楼下，高声大叫着我的名字，他没有觉察到我已经不再是个脏孩子了，我变成了一个体面的大姑娘，我的芳名不可以被人当街大喊大叫出来。"怎么了？"我极尽冷淡地询问闯入者。然后，在他大喊大叫的回答之中，我收到了那条消息：那天凌晨老师去世了。脸色苍白的我睁大了眼睛，看着脚下旋转的地面。我的优雅戛然碎裂，就像一具破碎的玩偶。

让我们回到四年前。也许正是因为我讲的一切，这混杂着其他东西的所有的一切，让我完成了老师曾命我去写的作文，这是这个故事的完结，也是其他故事的开始。或者，只是出于匆忙，无论如何，我要完成作业，然后才能去公园里玩儿。

他说："我要给你们讲一个故事，你们用它写一篇作文，用你们自己的话来写。完成的同学不用等下课铃，可以去玩儿了。"

这是他讲的故事：有一个穷人在梦中发现了宝贝，一下子变富了。他一醒来，便收拾行装，准备出门寻宝；可是他走遍了世界也不曾找到宝贝；筋疲力尽之际，他回到了寒酸的屋舍；他连吃的都没有，便开始在穷酸的院子里劳作；种植、收获、售卖出去，就这样,他变富了。

我一脸鄙夷地听着,炫耀一般地玩着铅笔,仿佛想告诉他那些故事可骗不了我,我太了解他这个人了。他讲着,看都没看我一眼。在笨拙的爱恋里,在迫害他的兴致中,我用目光追踪着他:不论他说什么,我始终以直直的目光回敬,任何神智清明的人都无法因此降罪于我。正是这种目光令我变得澄净,宛若天使一般,那目光开阔,仿佛无辜正注视着罪行。然而结果却总是一如既往:他困惑地避开我的眼睛,开始犯了结巴。这使我浑身充满了自我诅咒的力量。这也是仁慈的力量。这一切让我愤怒。我愤怒,他竟逼迫一个屁大的孩子理解一位男人。

那是上午十点钟,下课铃就要敲响了。我的学校租用了城里的一个公园,拥有一个我平生所见的最大操场。对于我,它实在太漂亮了,就像对于一只松鼠或一匹马一样。它有分散各处的树木,也有起伏延展的草地。它永远没有尽头。那里的一切遥远而庞大,正是为女孩儿的长腿量身定制,那里有砖头与不知来历的木头堆成的小山,那里有我们常吃的酸涩的海棠果,那里有光,有影,蜜蜂在光影之间造蜜。那里,巨大的自然气息将一切包容其中。一切因我们而活:我们曾从每一个斜坡滚下,在每一座砖山后面低语,我们吃过若干种花儿,在所有的树干上用小折刀刻下日期与丑陋而又甜蜜的名字,还有一颗被箭贯穿的心;男孩和女孩们在那里酿造他们的蜜。

我已经写到了结尾,隐蔽之处的荫凉气息在召唤我。我加快了速度。因为我只知道怎样"用自己的话来写",写作对我很容易。我加快了速度,因为我也想成为第一个穿过教室的人——老师最终将我隔离在教室的最后一排——我要高傲地把作文交给他,让他看看我的速度,我觉得这是一个人存活最重要的素质,我确信,老师对此只能望而兴叹。

我把作文本交给他,他收下了,瞧都不瞧我一眼。对我的速度他没一句表扬,我不高兴地蹦跳着奔向了公园。

我用自己的话转写的故事和他讲的一模一样。只不过那时,我已经开始"剔除故事里的道德感",如果说这一点当时使我圣洁,后来却把我活活窒息在严苛中。我自负地添上了最后几句话。这几句话我后来读了又读,想搞清楚到底有什么东西竟强大得可以刺激到这个男人,而我当时怎么都做不到。也许在那个悲伤的故事里,老师想说的是努力工作是获得财富的唯一方式。然而我却轻率地以相悖的道德观做结:宝贝被藏起来了,藏在人们想不到的地方,必须去发现它。我想我写到了埋着宝贝的肮脏的院子。我已经记不起来了,不知道是不是这个。那是一个简单的感受,却又变成了复杂的思索,我如今想象不出来我是怎么用小孩儿的语言表达出来的。我猜是这样的,我武断地改变了故事的真实意义,我写下了一个誓言,游手好闲一定会比辛勤工作让我得到更多的报偿,这是我唯一期待的事。不过,也可能那时我生命的主题仍然是毫无理性的希望,而我已经开始了那个巨大的执念:我会不期回报地给出我的一切,但我希望人们也不期回报地给予我一切。与故事里的劳动者正好相反,在作文中,我从肩上卸下了所有的责任,自由而贫穷地离开,手里拿着一件宝贝。

我来到操场,一个人在那里待着,第一名的奖励没有任何用处,我翻着土,不耐烦地等待着同学们一个个从教室里出来。

玩儿的过程中,我决定从书包里拿一样东西出来,我想不起来那是什么了,我准备拿给公园的管理员看看,他是我的好朋友,也是我的保护人。我浑身都是汗,无法抑制的幸福染红了我的脸,如果是在家里,估计得挨上好几板子了。我直奔教室而去,奔跑着横穿教室,我实在太毛躁了,都没有看到老师正在翻阅摊在桌子上的作业本。我拿到了要找的东西,开始往回跑——在那一刻,我的目光被绊在了那个人身上。

他独自一人站在讲台,他看着我。

这是我们第一次面对面地看着。他看着我。我的步履很慢,几乎走不动了。

这是我第一次与他单独待在一起,没有了班上同学交头接耳中的支持,没有了我的勇气激起的钦佩。我想笑一下,感觉血涌上了我的脸。一滴汗从额头流下。他看着我。那目光仿佛一只沉重而厚实的手掌向我挥来。但是，即便那一掌很轻，我也完全动不了了，就仿佛猫的爪子不慌不忙地捉住了老鼠的尾巴。那一滴汗流过鼻子与嘴唇，将我的笑意切成两半。只是这样而已：他的目光中没有一丝情绪，只是看着我。我垂下双眼，瞄着墙壁，我用全身心去微笑，那是这张失去轮廓的脸上唯一的特征。之前，我从未发觉教室竟然这么大；唯有此刻，随着我因恐惧而变得缓慢的脚步，我才意识到它真正的体量。虽然我没有时间，但依然察觉得到墙壁的高大与粗糙；还有坚硬，我在掌心里感受到墙壁的坚硬。我仿佛身处梦魇之中，我的微笑正是其中一种，我甚至不相信可以到达门边——从那里我开始跑，啊！我跑啊跑！我要在那些孩子我的同龄人中寻找庇护。除了极力微笑，我还要加倍小心，不用让脚发出声响，这样，我被牢牢黏在了一种我全然无知的危险的本质之上。那是一种惊惧，如镜子一般让我显露：一个湿淋淋的东西倚着墙壁，踮着脚慢慢地移动，脸上的笑意越来越强烈。我的微笑将教室凝在寂静之中，尽管从公园传来的喧哗正在这寂静之外流动。我终于抵达了门口，不安分的心跳得很快，因为我正在冒险，要唤醒正在沉睡的巨大的世界。

这时，我听到有人喊我的名字。

我突然定在地上，嘴里干干的，我背对着他，没有勇气回头。

门外拂过的微风吹干了我身上的汗水。我慢慢地转身,握紧双拳,抑制住逃跑的冲动。

在呼唤我名字的声音里,教室恢复了原样。

我慢慢地看到了老师。我慢慢地看到了老师他很庞大也很丑陋,他是我生命中的男人。这是崭新而巨大的恐惧。我渺小、孤独、梦游一般地面对着那一切,那是我宿命一般的自由最终把我引向的地方。我的笑容,那张面孔上多出来的一切,消失不见了。我是两只僵硬的脚,立在地面上;我是一颗空虚的心,仿佛就要死于干渴。我在那里站着,远离那男人所触及的范围。我的心要渴死了,是的。我的心要渴死了。

他非常平静,仿佛之后会将我冷漠地杀死,他说:

"过我这边来……"

这个男人会如何报复我?

我回身之后,那只被我亲手抛过去而我却毫不熟稔的世界之球将向我迎面袭来。一个真相将向我迎面袭来,倘若不是我贸然的猜测并以此赋予它生命,它本就不该存在。那个男人,那座凝缩着哀伤的山峦,也是饱含愤怒的山峦吗?然而我的过去已经无法弥补。一种不屈的后悔让我高昂着头。从前,无知一直是我最重要的向导,如今它却第一次不再保护我。我的父亲在上班,我的母亲几个月前去世了。我唯有自己而已。

"拿着你的本子。"他又加了一句。

惊奇使我突然向他看去。是微笑,是吗?不期而至的欣慰引发的冲击比之前的恐惧还要大。我向前一步,畏畏缩缩地伸出了手。

但老师却一动不动,没有把本子递给我。

突然,我开始忍受折磨,他没有盯着我看,而是慢慢地摘下了眼镜。他用裸眼看着我,眼毛很浓密。我从未看过他的双眼,睫毛如此浓密,就像两只温柔的蟑螂。他看着我。在这样一个男人面前,我不知道该如何存身。我假装看着屋顶、地面与墙壁,手依然伸着,因为我不知道该怎么收回来。他温和而又好奇地看着我,那双眼睛上睫毛凌乱,仿佛刚刚醒来。他会不期而然地用手安抚我吗?还是要我下跪请求他的原谅?我的希望细如游丝,我希望他不知道我干了什么,就像我不知道我干了什么,其实我从来不曾知晓。

"你是怎么想出把宝贝藏起来这个点子的?"

"什么宝贝?"我傻傻地喃喃自语。

寂静之中,我们互相看着。

"啊,宝贝!"尽管我不明白,但还是突然催促自己快答,我急于承认任何一个错误,我要向他哀求,给我的惩罚就是因为过错而永远负疚,给我的教训是那种永恒的折磨,而不是这种陌生的生活。

"就是藏在意想不到的地方的宝贝。去发现就行了。谁教你的？"

这男人肯定疯了，我寻思，不然，宝贝和那一切能有什么关系？我很茫然，一点儿也不明白，从一个意想不到走向另一个意想不到，然而，我预感到了一个不那么危险的地域。我于奔跑之中学会了从摔倒中爬起，即便脚已经摔断，我马上这样做："是那篇关于宝贝的作文！肯定是作文出了问题！"我还很虚弱，尽管我小心地触探到了那倏然而逝的全新的安全，然而，我已然从我的摔倒中爬起，并且能够描摹着过去的傲慢，甩起那一头会在未来波浪起伏的长发。

"没人教我，嗯……"我如断脚一般作答，"我自己想的。"我的声音颤抖，但已经重新开始闪耀着光泽。

如果说终于有一件具体的事让我处理使我一度有些欣慰，但我开始察觉到一件更坏的事发生了。他身上根本就没有怒火。我困惑地斜向上看着他。我逐渐变得一点儿也不信任他。他身上没有怒火，这开始恫吓住了我，是我不理解的新的危险。他的目光没有从我身上挪开——全然不带怒气……我很迷惑，我什么都不用付出，就失去了这个敌人，我得承受住。我惊讶地看着他。他想对我做什么？他把我缩紧。那没有怒意的目光开始让我心烦，甚过于我所害怕的粗暴。一种冷冰冰汗渍渍的渺小恐惧将我攻陷。我以他无法察觉的缓慢向后退去，直至倚靠住墙壁，脑袋向后直至无处可退。从那面将我整个人嵌入的墙内，我开始偷偷地打量他。

我的胃里泛起了水，我想吐。我不知道该怎么形容。

我是一个好奇心重的女孩子，而且我面色苍白，我看到了。我站立着，很想呕吐，尽管直至今日我依然不知道我究竟看到了什么。但我知道我看到了。我看得如此之深，就仿佛在一张嘴里突然看到了世界的深渊。我看到的那一切无名无姓，就像等待肠道手术的敞开的肚皮。我看到一样东西在他的脸上出现——一种坚硬如石的不安费力地爬上了他的皮肤，我看到伪装正犹犹豫豫地撕破面皮——然而，那一样东西在静默的灾难中被连根拔除，那一样东西绝然不似微笑，就仿佛是肝或者脚在微笑，我不知道。我看到了那样东西，我看得如此之近以至我不知道看到了什么。仿佛我把好奇的眼贴近锁洞，却骇然地发现了另一只眼正紧贴着锁洞看着我。我用一只眼看到了。如同一只眼一般不可容纳的一切。一只睁开的眼睛。它可动的胶体。它有机的眼泪。这只眼因自己而哭，这只眼因自己而笑。直到这男人终于全神贯注地完成了努力，在孩童一般的胜利里，他奉献出一颗从敞开的肚皮中取出的珍珠——他在微笑。我看到一个裸裎着内脏的男人在微笑。看得出他极度专注不想犯错，他如迟钝学生一般刻苦，还有他的笨拙，仿佛倏然间就变成了一个傻瓜。我并不理解，但我知道人们要我接受他的危险与他敞开的肚皮，要我接受他作为男人的重量。我的背部绝望地挤压着墙壁，我向后退——让我看到这么多实在是太早了。让我看到生命如何诞生实在是太早了。生命的诞生比逝去更加血腥。死亡是再也不中断。但是，看到没有生气的物体慢慢地试图起身仿佛一个巨大的活死人但却……看到希望让我恐惧，看到生命让我胃里翻江倒海。人们过多地要求了我的勇敢，只因为我很勇敢；人们过多地要求我的强大，只因为我很强大。"但是，我？"十年之后，我失恋时这样喊道："谁看到了我的软弱？"我吃惊地看着他，我永远不知道我看到了什么，我所看到的事会弄瞎好奇者的双眼。

那时，他这样说，脸上第一次挂起了之前学到的微笑：

"你的作文很好看。宝贝得被发现。你……"那一瞬间，他什么都没有补充。他在温柔而轻率地探究我，那探究是如此私密仿佛他就是我的心。"你真是一个有意思的小姑娘。"他最后说。

这是我生命里第一次真正的羞愧。我垂下双眼，无法接住这个被我欺骗了的男人不设防的目光。

是的，我的印象就是尽管他一直对我很生气，但他却有几分信任我，而我却用那个宝贝的瞎话欺骗了他。在那个时期，我觉得所有编出来的东西都是谎话，唯有折磨人的罪孽意识使我从这种恶行中解脱。我羞愧得垂下了双眼。我宁愿承受他原来的愤怒，那可以帮我对抗我自己，因为失败会给我的所作所为戴上王冠，也许有一天可以让我改过自新：我不想要的就是这种感谢，这不仅是对我的最大的惩罚，因为我完全配不上这感谢，而且会鼓励我那么害怕的走错了的生命，错误地去活吸引着我。我很想告诉他没法随随便便就找到财宝。但是，我看着他，泄了气；我没有勇气让他失望。我已经习惯于保护其他人的快乐，比如，我的父亲，他比我更需要被人保护。但是我真的很难接受这种由我的不负责任而引发的快乐！他就像是一个乞丐，欢欣于盘中的食物，却不曾察觉到那肉是坏掉的。血涌上我的脸，脸很烫，我想我的眼睛充血了，而他，可能又上当了，想必是觉得我是因为受到了表扬而高兴得脸红。那一晚，这一切变成了不可抑制的呕吐欲望，我家里所有的灯都整晚亮着。

"你，"他缓缓地又说了一遍，仿佛快乐地接受了这不小心来到嘴边的美食，"你真是个有意思的小姑娘，你知道吗？傻姑娘……"他脸上又一次露出了微笑，就像一个穿着新鞋睡觉的小男孩。他一点儿也不知道他微笑时很丑。他信任我，让我看到了他的丑陋，这是他最无辜的部分。

我不得不咽下他因相信我而造成的侮辱，我不得不咽下对他的怜悯与对我自己的羞愧，"傻瓜！"我真想向他大喊，"那个宝贝的故事是胡编的，是给小女孩写的！"我充分意识到自己还是个孩子，因此，才会有那些严重的缺陷，我相信有朝一日我会长大——而那个大人却任一个厚颜无耻的小女孩欺骗。他第一次消灭了我对大人们的信任：连他，一个男人，居然也像我一样相信那些谎言……

因为失望，我的心在剧烈地跳动，突然，我再也忍受不了了——我没有去接作业本，而是向公园跑去，手捂着嘴，仿佛牙掉了一般。我用手掩着嘴，惶恐地奔跑，奔跑，永远不要停下，求乞并不是恳求得到什么，最深的求乞是恳求不再得到什么——我奔跑，我害怕地奔跑着。

在我的不纯真之中，我早已放进了我于成年人中得到救赎的希望。我需要相信我未来的善良，这使得我尊敬大人，我依照着自己的形象做了这一切，然而是那个最终通过成长的救赎而纯净的形象，是那个最终从小女孩肮脏的心灵中解放了的形象。但是老师现在摧毁了一切，摧毁了我对他的爱以及我对自己的爱。这位苦涩的偶像无辜地掉进一个凌乱卑微的孩子设下的陷阱，顺从地任我魔鬼般的无知引导着他……我用手掩住口，在公园的尘埃中奔跑。

最终，我发现已经远离了老师的势力范围，奔跑让我筋疲力尽，我几乎瘫倒，用尽全身气力倚靠在一棵树上，深深地呼吸，呼吸。我气喘吁吁，眼睛紧闭，口中感觉得到树干掉落的尘埃，手指机械地一次次划过树干上那颗被箭穿过的心。突然，我死死闭着眼睛，仿佛稍微懂了一点儿，不由得呻吟了一声：难道他是想说……说我正是一件隐藏的宝贝？那个无人期待的宝贝？哦，不，不，他真可怜，这位造物之王真可怜，他需要什么？他到底需要什么？竟然连我都变成了宝贝。

我的内心翻腾不已，我使劲张着干涩的喉咙，终于平复了喘息，然后我怒气冲冲地推了一下树干，向着世界尽头再一次跑去。

然而，公园阴暗的尽头却遥不可见，我的脚步渐渐变得拖沓，实在是太累了。我再也跑不动了。也许是因为疲惫，但是我投降了。我的脚步越来越慢，树叶也在缓慢地摇着。我犹豫地停下，树木在高处旋转。一种全然陌生的甜蜜让我的心很累。我吓坏了，我迟疑了起来。我独自一人置身于草丛中，几乎无法站立，身边没有任何支撑，我的手放在疲惫的胸前，仿佛一位领报的童贞女。因为疲惫，那颗头颅终于朝向那最初的温柔垂了下来，那是一颗终于谦卑了的头颅，远远看去，也许会让人想起一颗女人的头颅。树冠前后摇摆。"你是一个很有意思的女孩，你是个小傻瓜。"他这样说。仿佛是爱。

不，我才不有意思呢。人们根本不知道，我其实很严肃。不，我才不是小傻瓜呢，真实是我的宿命，这就是我让别人难受的地方。感谢上帝，我才不是什么宝贝呢。但是，如果说之前我发现了自己生来就携带着有毒的贪婪并用它腐蚀了生命——唯有在那如花似蜜的一刻，我才发现治愈的方法：一个人爱我，这样，我就可以去治愈这个因我受苦的人。我是那黑暗般的无知，忍饥挨饿，微微地笑，用一串小小的死亡滋养自己无可避免的生命——我能做什么？我已经知道自己无可避免。但是，即便我不名一文，我也是那男人在那一刻所拥有的全部。至少有一次他不得不去爱，不是爱上什么人——而是通过什么人去爱。而那里只有我。这也许是他唯一的优势：只拥有我，被迫去爱上不好的东西，这个开端很少有人能企及。爱上纯净太容易了，丑陋则无法被爱眷顾，爱上不纯之物是我们最深的怀念。通过我，这很难自爱之人，他以对自己的巨大仁慈，接受了让我们成为我们的一切。我理解这一切吗？不。我不知道那一刻我理解了什么。但就这样，在那一刻，我惊惧而着迷地在老师的身上看到了世界——即便是此刻，我依然不知道我看到了什么，只是我看到了，一瞬，永远——就这样，我理解了我们，我将永远不会知道那时我理解了什么。我将永远不会知道我此时理解了什么。在公园里我希望去理解的事，在甜蜜的突袭之中，我以无知来理解了。在那里，我站立着——我矗立在一种无痛的孤独之中，这种孤独并不比树木的孤独更小——我全然地恢复了无知与它无可理解的真相。我站在那里，我这个太过机灵的女孩，我不名一文的一切都奉献给上帝与人类。我不名一文的一切是我的珍宝。

就像领报的童贞女，是的。因为他允许我最终让他微笑，因此，他为我报了信。他不仅仅把我变成造物之王；他让我成为了造物之王的女人。我，满身的利爪，满头的梦想，我可以把那支长着倒钩的箭从他的心里拔出。倏然间，这可以解释为何我生来爪子尖利,为何我生来没有痛之眩晕。这些长长的指甲有什么用?为了抓死你,为了拔掉你那些致命的尖刺,狼人回答道。这张残忍的饕餮之口有什么用?为了咬死你,为了吹一口气,这样我才不会让你太过痛苦,亲爱的,因为我不得不让你痛苦,我不可避免地成为狼,因为这是命中注定。为了让我们手挽着手,因为我需要得太多、太多、太多——狼群在嗥叫,它们惊恐地注视着自己的爪子,之后,一只狼紧紧拥住另一只狼,相爱,睡觉。

……就这样,在学校的那个巨大的公园里,我开始慢慢学会被爱,忍受牺牲,因为配不上这爱,只为安抚不爱之人的哀痛。不,这只是其中一个缘由。另一些人有另一些故事。在其中一些故事里,另一些盈满坚硬之爱的利爪从我心里拔出那支长着倒钩的箭,我的叫喊之中不带恶心。

女　佣

她的名字是爱蕾米达，今年十八岁。她有一张让人信任的脸，略有一些棱角。她美在哪里？美在那具不难看也不好看的身躯上，美在那张脸上，它拥有一种渴望着更多甜美的甜美，那是生命的征象。

美不美的我不知道。也许不美，虽然那些犹犹豫豫的线条也吸引人，就像水吸引人一般。她身上的确有鲜活的要素，指甲，肉体，牙齿，坚韧中混杂着柔弱，人们只要吐出一个名字：爱蕾米达，这一切所构成的模糊的外在，便会具体地呈现于那颗探寻与殷勤的头颅上。那双褐色的眼睛不可言说，与脸庞的整体没有任何呼应。那双眼睛如此独立，仿佛种植在手臂的肉里，从那里看着我们——那双圆睁的湿润的眼睛。她的甜美全然近似于眼泪。

有时，她会用女佣特有的无礼来回应。从小她就这样，她解释道。这不是她的性格。因为她的灵魂之中没有一丝坚硬，没有任何可感知的规则。"我害怕。"她自然而然地说。"我饿了。"她说。不知道为什么,她说的话通常令人无法回应。"他很尊重我。"她说起未婚夫,尽管这种表达不是她的,也是常见的说法,然而听的人却踏入了一个走兽与飞鸟的精妙世界,那里所有一切彼此尊重。"我感到耻辱。"她被罩在自身的阴影中,这样说。如果饥饿来自面包——仿佛会有人抢走,她把面包飞快地吃掉了,那么恐惧便来自雷鸣,而羞耻则来自说话。她亲切、诚实。"上帝会解救我,是不是?"她漫不经心地说。

因为她有她的漫不经心。那张脸在一种毫无皱纹的非人悲伤中隐去。这是一种比她的灵魂更古老的悲伤。那双眼睛空洞地停留,甚至有一点点苦涩。在她身边的人深受其苦却又无能为力。只能等待。

因为她正沉浸在一件事中,一件神秘的事。此刻没有人敢触碰她。人们的心抽紧了,注视着她,庄重地等待着。什么都不能为她做,只能等危险自己过去。直到她发出一个毫不急迫的动作,几近舒了一口气一般,她蓦然地清醒,仿佛新生的羔羊用自己的腿站了起来。她从悲伤的小憩中回来了。

她回来了,她喝了那眼泉的水,人们不知道那是什么泉,在那以后,倘若不能说她更丰富,至少她更有保障了。人们只知道那应该是一眼古老而纯净的泉。是的,它的确幽深。但如果有人潜身沉入幽深之内,除了它自身的深,其他什么都找不到,就像在黑暗中只能遭遇黑暗一般。如果有人穷追不舍,待在黑暗中行进几里后,也许会在飞鸟振翅与走兽留痕的指引下，发现路的踪影。忽然之间，她看见了森林。

啊！也许这就是她的神秘：她发现了一条通向森林的小径。很确定，在她心不在焉时，她去了那里。当她返回时，她的眼里充满柔软与无知，双眼盛得满满当当。无知如此广阔，世间所有的智慧在那里容身，又在那里迷失。

这就是爱蕾米达。

就这样，当她浮出水面，她是一位女佣。人们时常把她从小径的幽暗中唤回，让她做微小的事，洗衣、擦地、伺候这个人、伺候那个人。

但她真的在伺候人吗？因为如果有人留心，会看到她洗衣服——当艳阳高照的时候；她擦地——当地被雨水打湿的时候；她晾晒床单——当风起的时候。她拾掇一新，是为了遥遥地侍奉其他神祇。以她从森林中捎回的灵魂的完满。她不思考：只有身体平静地移动，脸上充盈着一种温柔的希望，没有人给得了，也没有人拿得走。

她一瞬间便吃完了面包，这是她所经历的危险留下的唯一的印痕。其他一切都很平静。即便在她偷拿主人忘在桌上的钱时，即便在她谨慎地把储藏柜中的吃食打包带给未婚夫时。轻盈的偷窃也是她在森林里学会的。

讯　息

　　起初，当女孩说起她感到痛苦时，男孩惊住了，他脸红了，迅速改变了话题，想掩饰住心跳的加速。

　　但很久以前——从他成人起——他便勇敢地走出了将一切归因为"巧合"的幼稚简化，更确切地说——他因太过于"进化"而不再相信——他认为"巧合"这种表达是词语焕然一新的诡计、一种更新换代的嘲讽。

　　这样，他激动地吞下那不由自主的快乐，她也感到痛苦，这令人震惊的巧合让他快乐——他谈着自己的痛苦，竟然是和一位女孩！他有一颗女人的心，只被母亲亲吻过。

　　他看到自己与她交谈，生硬地掩藏起一种奇妙之感：他终于可以去谈那些真正在乎的事了，而且竟然是和一位姑娘！他们也聊到了书籍，几乎无法掩饰住那一种急切，想迅速地说出之前未曾谈过的一切。尽管如此，某些词语他们绝对不会说出口。这一次倒不是因为表达再次成为了其他人用来欺骗年轻人的圈套，而是因为羞耻。因为他不够勇气说出一切。尽管她由于深感痛苦,可以成为信赖之人。他绝对不会说出"使命",尽管这个表达如此完美,他之所以长大,就是为了把它说出,而它也在他的唇间烧灼,急切地等待着被说出。

她也在受苦,这一事实给了她一种男性气质,便自然地简单化了对待姑娘的方式。他开始引她为同志。

她也开始以一种圣徒般的谦逊炫耀着自己的痛苦,仿佛属于一个新性别。杂交——他们还未选择一种个人的行走方式,也不曾拥有一种最终的书写方式,每一天,他们用不同的字迹抄写下课堂要点——他们无法掩饰孕育,他们追寻杂交。时不时地,他依然可以感受到那难以置信的对"巧合"的接受:他,如此特立独行,居然遇到了一个与他说同一种语言的人!他们很快就无可奈何。她只要说出这句"昨天下午我过得很差",就仿佛通关密码,他便含蓄地知道了她在痛苦,一如他在痛苦。在他们两个之间,流涌着悲伤、骄傲与勇敢。

甚至连"痛苦"一词本身也在渐渐干涸,说明讲出的语言一贯在撒谎。(他们希望有一天能去写作。)"痛苦"一词具有了其他人使用时的调子,成为了俩人之间敌意的源头。当他受苦时,而她讲到痛苦,他会感到不妥。"我已经超越了这个词",他总是在她前面超越一切,只是女孩会在之后迎头赶上。

不久之后，她便厌倦了成为他眼前唯一受苦的女性。尽管这给了她一种知识分子的气质，但她还是对这类偏差十分警觉。因为无论如何，两个人希望的是真实。比如她，她不喜欢错误，即便错误会帮到她；她喜欢真实，不管它有多坏。况且，有时，如果真到了很坏的程度，其实反而更好。特别是，以她展现的少之又少的人之征迹，竟然可以获封为人，这已经不再令这姑娘感到快乐。这取悦了她，也让她愤怒：这就好像正是因为他不认为她很能干，才会惊喜于她的能干。如果两个人不加小心，她身为女性的事实会突然浮现出来。他们两个都十分小心。

但是，混乱与无法解释也是自然存在的，这意味着时光在流逝。岁月在流逝。

尽管两人之间的敌意越来越浓，然而就像双手靠近而却没有挽在一起，他们无法阻止相互寻觅。这是因为——如果其他人把他们称作"年轻人"，那就是一种侮辱——在他们之间，都是"年轻人"是一个共同的秘密，是同一个不可救药的悲伤。他们不能停止寻找彼此，尽管互相敌对——他们之间有着一种性别不同的人不渴望彼此时的嫌恶——尽管互相敌对，然而，比起其他人的谎话连篇，他们还是更相信彼此的真诚。他们很真诚。而且，因为他们都不是小气的人，对于其他人更爱撒谎这件事，他们很快放开了——仿佛真正重要的只是想象中的真诚。因此他们继续寻找彼此，他们因与其他人不同而微微地骄傲，他们如此与别人不同，竟不能彼此相爱。那些其他人什么都不做，只是活着。他们微微意识到之前的关系有些虚假，仿佛异性之间发生的同性恋，不可能合为一体，这是两人的不幸。关于把他们连在一起的唯一一点，两人的意见完全一致：世界犯了错，如果他们不去拯救，那就变成了叛徒，对此，他们有着隐而不宣的笃定。至于爱，很显然，他们并不相爱。她甚至把最近对一位老师动了心的事儿告诉了他。而他甚至对她说——对于他，她就是一个男人——他甚至对她说，如果想头脑自由地思考，男的必须得解决"某些问题"，语气中的冷漠不期然地碎裂在心脏可怕的狂跳之中。他十六岁，她十七岁。他偶尔会严肃地解决某些问题，连他父亲都不知道。

问题在于，曾经在那秘密之处相遇过一次之后，两人便尝试并期盼着有一天会抵达最高点。什么是最高点？

他们想要的到底是什么？他们不知道，他们彼此利用，仿佛一个人先紧紧抓住小一些的岩石，直到可以独自攀援上那一块无比困难不可攀爬的大石头；他们彼此利用，预演翅膀的挥动，为了最终——每一个人单独而且自由——可以孤独地翱翔，这是在向另一个人说再见。是这样吗？他们暂时地彼此需要，生另一个笨蛋的气，责备另一个人不懂事。每一次相遇都失败了，仿佛同床异梦。他们想要的到底是什么？他们想要学习。学习什么？他们都是笨蛋。啊！他们不能不知羞耻地说自己不幸福，因为他们知道还有人忍饥挨饿；他们吃下了饥饿与耻辱。不幸福？怎么不幸福？如果无需任何理由，他们真的触到了那幸福的极点，仿佛世界被撼动，从这棵茂盛的树上，掉下来一千个果实。不幸福？如果他们的身体中流淌着血，就像鲜花迎向太阳。怎么不幸福？如果他们永远用自己那细弱的双腿支撑，如果他们惶惑、自由而神奇地企立，她的双腿脱过了毛，他的双腿犹豫不定但最终定格在44号的鞋中。他们又怎么会成为不幸福的生灵？

他们很不幸福。他们疲惫而又满怀期待地彼此寻找，强迫一种偶然发生不会复现的理解持续出现——甚至不需要彼此相爱。理想窒息了他们，时光无望地流逝，紧迫感在召唤他们——他们不知道该往哪里走，而道路在召唤他们。一个人对另一个人要求太高，但他们有着同样的匮乏，而且绝对不肯去找一个可以教诲他们的年长伴侣，因为他们没有傻到向这个既定的世界缴械投降。

他们依然在相互拯救，一种可能的方式便是他们从来不说"诗"。诗，这个让人局促的词，到底是什么呢？是说两个人碰巧相遇在突兀的雨洗刷城市之时？还是说两个人喝冷饮时同时望向一个正走在路上的女人的面庞？还是说两个人偶然地相遇在一个有月也有风的旧夜？但是，这两个人同诗一起诞生，它毫无羞耻地发表在周日的报纸副刊之上。诗是老人们的词语。两个人的不信任感一如野兽般巨大。天性在叮咛：有一天，你们将会被捕获。他们被其他人骗得太惨，此刻毫无信任。为了将他们抓获，需要特别的谨慎、异常的灵敏与非常的狡黠，还需要一种小心翼翼的关爱——这种关爱不会将他们触怒——这样，才能抓住不加防范的他们，用罗网将他们擒获。而且，还要更加小心翼翼，才不致将他们吵醒，才能狡猾地将他们带到这个属于不纯之人的世界，这个业已创造的世界；因为这是成人与间谍的使命。他们长久地被骗，他们因痛苦而虚荣，因此，对于词语，他们感到厌恶，尤其是当一个词——比如诗——实在过于狡猾，它几乎表达了一切，而又什么都没有表达。实际上，对于大多数词语，两个人都感到厌恶，词语不能为他们提供沟通，因为他们还没有发明更好的词语：他们不断地互不理解，成为了执着的对手。诗？啊！他们多么讨厌诗啊！仿佛它是性。他们还认为，其他人想捕获他们，不是为了性，而是为了正常性。他们容易受惊、讲求科学，他们毫无经验。对于经验这个词，是的，他们毫无羞耻地说，而且从不解释：表达自身在改变着意义。经验有时会与"讯息"相混。他们这两个词都用，从不去探寻其深义。

此外，他们从不探寻任何事物的深意，仿佛没有时间，仿佛存在着太多的事物可供他们交流思想。他们没有察觉到他们从未交流过任何思想。

好吧，但是并非仅止于此，而且，也并非如此简单。并非仅止于此：在这空歇之间，时间困惑、广袤且时断时续地流逝，时间的心脏是不安，他们恨那个世界，在那里，没有人告诉他们这是绝望的爱，这是仁慈，他们有一种中国老人怀疑一切的智慧，这智慧可以在须臾之间碎裂，只露出两张泄气的面孔，因为他们不知道该怎样自然地坐在冷饮店里：一切都碎裂了，突然现出两个骗子的原型。时间在流逝，没有一个思想交流过，他们从来、从来无法完全地相互理解，就是她第一次说感到痛苦而他也奇迹般地说他也感受到的这一种理解，那时便形成了这可怕的约定。从来、从来没有发生什么事，来把这目盲终结，目盲令他们伸出了双手，也让他们做好了准备，命运正不耐烦地等待着他们，目盲最终让他们互道珍重。

也许，他们准备得太过充分，希望从另一个人的束缚中解脱，就像一滴就要滴下的水，他们只是期待着一件象征着痛苦之完满的事，这样两人才能够分开。也许，倘若两个人都如同水滴一般成熟，早会制造出我将要讲到的事端。

这模糊的事端关乎一幢旧房子，因为他们都做好了准备，这一桩事才会存在。这不过是一幢老而空的房子。但是他们的生活贫乏而急切，仿佛不会老去，仿佛一切都不会发生在他们身上——这样，那房子便成为了事端。学期的最后一节课后，他们放学回家，他们坐上了公车，下了公车，走在路上。他们一如既往地急促而自由地走着，突然，他们慢了下来，再也迈不对步子，不安地面对另一个人的存在。对于他们俩，这假期之前的一天简直糟糕透顶。最后一节课没有留给他们未来与保障，家里人提供给他们保障、爱与不理解，他们却以蔑视相报。没有明天，没有保障，他们从未这样低落过，双目圆睁，沉默不语。

这天下午，女孩牙关紧锁，仇恨而焦灼地看着一切，仿佛要在风中、尘埃中以及灵魂的极度贫乏中找出一件让她暴跳如雷的事。

而男孩，在那条连名字都不知道的路上，那男孩实在不像是个男人。天光已然苍白，那男孩犹比天光苍白，他不由自主地成人，迎着风，被迫活下去。因此，他温柔而犹豫，仿佛痛楚只会让他更好地成长，全然不同于气势汹汹的她。他们还未成形，一切都有可能，甚至有时还会交换特征：她成了一个男人，而他则拥有了女人那几近犯贱的温柔。好几次他几乎要告别，可是，如他那般模糊与空虚，他根本不知道回家之后能干什么，仿佛课程的结束切断了那最后的链条。这样，他以一种无家可归者的温顺，继续跟随着她。第七感一息尚存地倾听着世界，这支撑着他，并将他与晦暗不明的明日之承诺相连。不，他们不是神经症患者，而且——尽管在那不可控制的敌对时分，他们会报复地认为另一个人是神经症——好像心理分析无法解决全部的问题。又或者，其实可以解决。

这是一条通往施洗约翰公墓的路，布满干燥的灰尘与松动的石头，小食店的门口站着几个黑人。

两个人走在孔洞频出的路上，路很窄，将将容下两个人。她动了一下——他以为她要过马路，便紧跟了一步，追上她——她转过身，想知道他在哪儿——他后退了一步，找寻着她。就在他们不安地彼此寻找的一瞬间里，当找寻犹在他们脸上停留，他们看到自己背对着公车，面对着那幢房子。

这一切的发生或许是因为他们的脸上犹带有寻找。或许是因为房子就矗立在小街上，离得太近了。简直没有空间让他们看到这房子，他们被锁定在窄街上，一面是危险的车流滚滚，一面是房子的岿然不动。不，房子没有被炸过，但它破碎了，小孩子会这样说。它很大，很宽，很老，一如里约老区那些阴影遮蔽的老宅。这是一幢扎了根的房子。

他们不小心地同时转身，脸上的愤恨犹胜于疑问，房子近在咫尺，仿佛凭空而出，一面突兀的墙被抛在他们眼前。身后是车流，面前是房子——没法不定在那里。如果向后退，会被车撞倒，如果向前，会被那幢鬼魅一般的房子撞倒。他们被捕获了。

房子很高，也很近，倘若不孩童一般地抬起头，根本没法瞧见它，这使得他们突然变得渺小，而房子变成了宫殿。仿佛没有任何东西如此地接近他们。房子应该是有颜色的。不论窗子原本什么颜色，现在它们只是古老而坚固。他们变小了，睁开了惊惧的双眼：

房子在受苦。

房子痛苦而平静。仿佛无法用词语形容。这座建筑压在两个孩子的胸上。一幢大宅,仿佛一个人将手扼住了咽喉。哪个人?谁建了这栋房子?谁竖起了这座石砌的工事,这牢不可摧的恐惧的圣殿?还是时间?是时间黏贴在那些朴素的墙面之上,给了房子一种让人窒息的气息与那宁静的绞架一般的沉寂?这房子强壮得像没有脖颈的拳手。头颅直接连着肩膀便是受苦。他们看着房子,仿佛小孩子看着台阶。

终于,两个人不期然地抵达了目标,站立在那具斯芬克斯面前。他们半张着嘴,害怕、尊重与苍白融为一体,站立在那真实面前。那赤裸的痛苦跳了一步,横陈在他们面前——它全然不似他们习惯于使用的词语。这不过是一栋庞大而粗糙的房子,没有脖子,只有那古老而巨大的力量。

我就是你们要找的东西,大房子说。

最有意思的是,我根本什么秘密都没有,大房子还说。

女孩睡意浓重地看着,而那个男孩,他的第七感钩住了建筑的最里部,在线之端点,他感到一丝细而又细的回答般的震动。他不敢动弹,怕惊吓到自身的专注。女孩停泊在惊惧之中,她害怕从中走出,那会引向可怕的发现。他们不敢说话,害怕房子倒掉。两个人的寂静撑住房子屹立。但是,如果说之前这两个人是被迫看着这房子，现在，即便别人告诉他们有路可逃，他们还会留在那里，他们被擒获了，被这迷人，也被这恐惧。那样物事在他们出生之前便已矗立在那里，那样物事历经百年已经将意义荡涤一空，那样物事从过去而来。而未来呢？啊！上帝！请给予我们未来！那房子没有眼睛，具有盲人的力量。倘若它有眼睛，那也是雕像上圆而空洞的眼睛。啊！上帝啊！不要让我们成为这空洞的过去的孩子，请把我们托付给未来。他们希望成为孩子。但不是这具僵硬而必死之骸骨的孩子，他们不懂过去：啊！请把我们从过去中解救出来，让我们履行那艰难的责任。因为这两个孩子想要的并非是自由，他们希望被说服被控制被引导——但施行者必须得比那在他们胸中跳动的力量更为强大。

女孩突然转开了脸，我不幸福，我从来都不幸福，课上完了，一切都完了！因为于贪念中，她毫不感激那个可能是很快乐的童年。女孩哼了一声，突然转开了脸。

而男孩，于茫然中，他闪了一下，仿佛失掉了一个思想。这也是下午阳光的作用：那光线呈铅青色，看不出时间。男孩的脸暗绿而宁静，他现在没法从其他人的词语里得到帮助，这正是他朝思暮想希望实现的。只是他没有算计到这不能表达之中所包含的不幸。

他们脸色暗绿，胸口恶心，不知道该如何表达。这房子象征着一种他们永远无法企及的事物，即便终其一生去寻找表达。寻找表达，即便终其一生，不过是一种消遣，它苦涩而又惶惑，但始终是种消遣，它是歧途，一点点地让他们远离危险的真实——就这样将他们拯救。因此，出于活下去的绝望的精明，他们为自己创造了一个未来：两个人要成为作家，那决心如此坚定，仿佛表达心灵必会将他们消灭。倘若不将他们消灭，那么表达心灵便成了在心的孤寂中撒谎。

他们不能与这栋属于过去的房子玩闹。此刻，他们如此渺小，觉得自己在玩儿中长大成人，他们痛苦缠身，他们要发出讯息。此刻，他们震惊不已，终于拥有了那一样他们曾冒险而又冒失地祈求实现的事：他们真的成为了两个迷失的年轻人。老人们会这样说："真是自作自受。"他们罪有应得，就像罪有应得的孩子；他们罪有应得，就像清白无辜的罪犯。啊！如果还可以平复这因为他们而受苦的世界，他们会安慰它："我们不过是在玩儿！我们是两个骗子！"但为时已晚。"我是过去，你要无条件地投降，你要成为我的一部分。"未来的生活这样对他们说。啊！上帝啊！他们希望未来属于他们，可是谁这样要求过呢？谁？！又有谁在乎告诉他们真相，而不是撒谎呢？会有人在这个方向上努力吗？这一次，他们一如既往地沉默不语，甚至都没有去指责社会。

女孩哼了一声，转开了脸，那哼声可能是抽泣，也可能是咳嗽。

"这时哭出来挺娘们的。"从迷失的深处,他这样想。"这时"指的是什么他并不知道。但这是他为自己找到的第一份稳固。他抓住这第一块木板,挣扎着浮出水面,他一向领先于女孩。他先于她返回,看到了一幢挂着"此房出租"牌子的房子。他听到了身后有汽车经过,看到一幢空着的房子,还有旁边一脸病容的女孩,他想藏起这刚刚觉醒的男人:出于某种原因,他试图遮掩起脸庞。

他犹在摇摆,礼貌地等待着她回神。他犹豫地等待,是的,但他是一个男人。男人的身躯是一种稳固,常常使他复原。当他很需要时,他就会变成一个男人。这样,那只不太确信的手不自然地燃起了一根香烟,仿佛他是其他人,求助于男人的共济会教给他的姿态,获得了支持与引导。而她呢?

而那女孩抹好了口红,搽好了腮红,戴上了蓝色的项链,从这一切中走了出来。那一刻之前,装饰尚且构成了一种状况与一种未来,但现在却仿佛她在睡前没有洗脸,醒来时脸上犹带有前夜狂欢那下流的印记。因为她,一向是个女人。

那男孩的恬不知耻得到了振奋,他好奇地看向她。他看到她不过是个少女。

"我到了",他高傲地告别,他感觉到兜里装着的钥匙,正是回家的时候。

他们两个告了别,他们从不握手,因为这太过俗套,他们握了手，因为她，笨拙得在如此恶劣的时刻还要露出胸与项链的她，笨拙地伸出了手。两只湿润的手无爱地抚摸，仿佛一场羞人的自慰，男孩感到困窘，他的脸红了。而她，她涂上了口红搽上了腮红，试图掩盖起自己那已加装点的赤裸。她什么都不是，仿佛一千只眼睛在跟随着她，她离开了，藏身在拥有一种境况的卑微之中。

看着她渐渐远去，他带着一丝娱乐的兴味，不相信地审视着她："女人能真的知道什么是痛苦吗？"这个问题让他感觉自己很强大。"不，女人还是适合别的，不能否认这一点。"他需要一个男性朋友。是的，一个忠诚的男性朋友。他感觉自己干净而坦诚，没有半点隐藏，就像一个男人一般忠诚。即便发生了地震，他也会走出去并且自由地前行，那种骄傲的不计后果会让马匹嘶鸣。而她会沿着墙走出，就像一位闯入者，她几近母亲，身躯预知了臣服，有一天，她会承担起一具神圣而又不纯的身躯。男孩看着她，他很震惊，竟被这女孩欺骗了这么久，他几乎笑了，几乎在摇动那两只刚刚长出的翅膀。我是男人，晦暗不明的胜利中，他的性别对他说。每经历一场战争与和平，他都会更加男人，风卷起施洗约翰公墓路上的尘埃，对他成为男人，这风亦有助益。同一阵风卷起尘埃，却让另一个人，那个雌性，受伤地蜷成一团，仿佛什么大衣都无法保护她的赤裸，这路上的风。

男孩看着她离去，一双色情而又好奇的眼睛跟随着她，不肯放过女孩任何卑微的细节。突然,女孩跑了起来,为了不错过那辆公车……

突然之间,入迷的男孩看到她跑了起来,就像一个疯子,为了赶上公车,他困惑地看见她登上了汽车,就像一只穿着短裙的猴子。那根假烟从他手上掉落了……

某件不快的事让他失去了平衡。是什么呢?一瞬间,他被巨大的不信任侵占了。是什么呢?他急迫且不安:是什么呢?他看到她灵巧地奔跑,尽管他猜那颗心已是苍白。他看到她盛满对人类无能为力的爱,猴子一般爬上了公车,他看到她之后安静而优雅地坐下,在等待汽车开动时整理好了衬衫……是这个吗?但是,这件事中到底有什么能让他充满不信任的专注呢?也许是她没头没脑地奔跑,而汽车没有开动,她根本就有时间……她完全不用跑……但这件事到底有什么能让他竖起耳朵痛苦地倾听,聋得像是永远听不到解释的人?

他刚刚作为人降生。但是,一旦他认同了降生,便认同了胸口的重担;一旦他认同了荣耀,一种深奥莫测的经验便给了他第一条未来的皱纹。他无知且不安,一旦认同了男性气概,一种崭新而贪婪的饥饿便会生出,这是一样痛苦的事物,就像一个男人永远不哭。面对这不可能的事物,他有了最初的恐惧吗?在静止的公车上,女孩是一个零,然而,这已是男人的男孩突然之间需要投靠那个虚无，投靠那个女孩。投靠不是趋同，投靠也不意味着屈服……但是，在那男人的王国里他已沉溺太深，他需要她。为了什么？为了记起一个条款？为了她或是其他什么人不放他走得太远以便他不迷路？为了让他不安地感觉到有可能存在错误，一如他此刻的感觉？他如饥似渴地需要她，为了不去忘记他们是由同一块血肉构成，这块可怜的血肉如猴子一般爬上公车，仿佛修造了一条必死之路。什么？但我究竟怎么了？他吓坏了。

不，不，不要太过夸大，不过是一瞬间的软弱与动摇，仅此而已，没有危险。

不过是一瞬间的软弱与动摇。然而这严苛的末日审判不允许有一刻的不信，否则，理想会轰然倒塌，他痴痴地看着这条长路——此时，一切破败，一切干涸，仿佛他的嘴里盛满了灰尘。现在他终于孤独，他全然无助，这一切都要归功于那个急切的谎言，其他人希望凭此教会他成为男人。然而讯息呢?！讯息在尘埃中变成碎屑，被风吹进了下水道口。妈妈，他说。

男孩素描

如何才能永远不了解这个男孩？为了了解他，我得等他腐坏，只有那时，他才在我的掌握中。他在那里，无限的某处。没有人会了解今天的他。连他自己也不行。至于我，我看着他，但这没有用：这件事物我无法了解，因为它只是当下，全然是当下。我了解的是他的状态：这孩子的身上生出了最初的牙齿，这孩子将来会成为医生或木匠。眼下——他以一种植物般的真实坐在地上，我只有这样称呼这种真实才能真正理解。如果三万个这样的孩子这样坐在地上，他们会有机会建造另外一个世界吗？那个世界具有对把我们归属在内的绝对当下的回忆。团结造就了力量。他坐在那里，把一切重来，然而出于对他未来的保护，根本没有真正重来的真正机会。

我不知道该怎样画这个男孩。我知道不可能用炭笔画他，因为笔尖会弄脏那条细线之外的纸上空间，线内是极度的当下，他栖身其中。一天，我们会把他驯化成人，然后我们可以画他。因为我们这样对待自己，这样对待上帝。男孩自己也帮助了驯化：他受到鼓舞，同心协作。他不知道我们要他提供帮助是为了让他自我牺牲。最近他甚至刻苦练习。这样，他持续地进步，终于，——因为我们自我救赎所必需的善——他慢慢地从当下时间走到日常时间，从冥想走向表达，从存在走向生活。他没有疯狂，这是他作出的伟大牺牲。我不疯狂，因为我与千万个我们休戚与共，为了构建可能，牺牲了一如疯狂的真实。

但眼下他坐在地上，陷在深深的空无中。

厨房中的母亲察觉了：你还好吗？她叫他，他费力地起身。他步履踉跄，全然地向内关注着：他所有的平衡都是内在的。获得平衡之后，现在关注转向了外界：他观察着起身这个行为引发的后果。因为站起会导致不同的后果：地面不确地移动，一把椅子超越了他，墙壁限定了他。墙上挂着《圣婴》这幅画。不扶着什么家具，很难看到高处的这幅画，他还没有练习这个。然而，正是自身的困难向他提供了帮助：正是对高处画作的关注使他站立，向高处看仿佛是他的起重机。但他犯了一个错误：他眨眼了。眨眼须臾之间在他与支撑他的画作之间切割。平衡消解了——唯一的全部的行为中，他坐倒在地。清澈的涎水从那张因用力生活而半张的嘴里流出，滴落在地上。他近距离地注视着那点点口水，仿佛是一只蚂蚁。胳膊抬起，分阶段地艰难向前。突然，仿佛为了抓住某种无法形容的物事，不期然的爆裂中，他用手掌抹掉了涎水。他眨着眼睛，等待着。人们不得不等待。终于，必需的时间过去了，他小心地拿开手，注视着地板上这场经验的成果。地上什么都没有。突然而至的新阶段里，他注视着手：是的，口水沾在掌心。现在他也知道了。这样，他双眼圆睁，舔着属于男孩的涎水。他大声地想：男孩。

"你在叫谁？"妈妈从厨房里问。

他以努力与英勇环视着客厅，寻找着妈妈说他在叫的那个人，他转身，往后倒去。哭泣时，他看到泪水折射了客厅，白花花的东西在增大，直逼到他面前——妈妈！她用强壮的臂膀接纳了他，这样，孩子被抱到半空中，那里炙热而好。现在，天花板更近了；而桌子在下面。仿佛再也无法承受疲乏，他开始翻起白眼，直到眼球在眼眸的地平线下沉陷。在床栏这最后的形象之上他合上了双眼。他睡熟了，疲惫而严肃。

水在口中干涸。苍蝇拍击着玻璃。男孩的睡意散发着光芒与热力，这睡意在空气里摇颤。直到突然而至的梦魇，他想起了一个刚学会的词：他剧烈地颤抖，并睁开双眼。让他害怕的是他只看到这一幕：空气清澈而炙热的空虚，而妈妈不在。他想到的事爆裂成哭声，响彻整栋房子。他一边哭，一边识得了自己，变成了妈妈会认得的那个人。抽泣中他几近瘫软，他急迫地必须变成一样能看得见并听得到的物事，否则他会孤独，他必须变成可被理解之物，否则没有人会理解他,否则没有人会抵达他的寂静,如果他不说也不讲,没有人会认识他,我将去做所有必要的事,为了让我成为他们,并让他们成为我,我将跳出我真实的幸福,因为它只会带给我厌弃,我将人见人爱,为了被爱,我会骗人,为了得到,哭泣具有全然的魔力:妈妈。

直到家人的喧嚣进入了门口,面对孩子所能引发的一切,这孩子兴致盎然又缄默不语,他止住了哭泣:妈妈。妈妈就是:不要死。他感到安全,因为他知道他有一个世界可以背叛可以出卖,他会出卖的。

是妈妈,是手中拿着尿布的妈妈。一看到尿布,他又哭了。

"看你全搞湿了!"

这消息让他害怕,他又一次感到好奇,但这一次的好奇让人心安。他盲目地看着尿渍,在新的阶段里看着妈妈。但突然之间他绷紧了,用全部的身躯倾听,心脏在肚子里沉重地跳着:砰砰!一声胜利与恐惧的呼喊中,他认出来了——这孩子刚刚认出来了!

"就是这个!"妈妈骄傲地说,"就是这个,亲爱的,街上刚过去一辆砰砰,我要告诉爸爸,你学会了,就是这样说:砰砰!"妈妈一边说着,一边从下往上拽他,之后她抱着他的腿,又从上往下拽,然后把他往后倾,再一次从下往上拽他。这所有的姿势中,男孩始终圆睁着眼睛。那双眼睛干干的,一如簇新的尿布。

爱的故事

从前有一个女孩子观察了母鸡很久，因此，她了解她们的灵魂与内心的焦虑。母鸡很焦虑，而公鸡的痛苦几乎与人类相同：他们的后宫里，没有真爱的存在，而且，他们要彻夜不眠，才不至于错过最遥远的光明最初那一缕，然后以最大的声量歌唱。这是他的职责，也是他的艺术。我们还是回到母鸡，这女孩子只有两只母鸡。一只叫佩特里娜，另一只叫佩特罗尼娅。

一次，女孩觉得其中一只母鸡生了肝病，她以护士般的单纯，在鸡翅膀下闻了又闻，她觉得这是疾病的最大表征，因为母鸡的气味可不是闹着玩的。因此，她向一位阿姨讨药。阿姨说："你的肝没有问题。"她跟被她挑中的这位阿姨关系很亲密，就告诉了她这药是给谁的。女孩觉得最好给佩特里娜和佩特罗尼娅都喂药，这样才能避免传染。其实喂药几乎没用，因为那两只母鸡整天在地里翻来翻去吃脏东西，这对肝不好。她们翅膀下的味道闻上去就跟要死了一样。女孩没有想过使用除臭剂,因为米纳斯·吉拉斯[①]这个地方的人不用这东西,就像他们不穿尼龙内衣,只穿亚麻内衣一样。阿姨还是给了她药,这是一种黑色的液体,女孩不相信这是药,看上去像咖啡加了水而已。她试图把母鸡的喙撬开喂药,那简直困难极了,药能治好她们是母鸡这病。女孩不明白人不能治好是人这种病,母鸡也不能治好是母鸡这种病:无论人还是鸡都有物种内在的卑微与伟大(母鸡的伟大在于可以下一只形状完美的白色的蛋)。这女孩住在乡下,附近没有药店可以看病。

还有另外一个大困难:女孩觉得尽管佩特里娜和佩特罗尼娅整天不停地吃,但羽毛下面实在太瘦了。女孩不明白催肥意味着加快她们端上餐桌的命运。她又开始那项艰难的工作:撬开她们的喙。在米纳斯的这个巨大的庄园里,女孩直觉地知晓母鸡的一切。长大后,当她知道"母鸡"这个词在俚语中有另一重含义时,不禁感到诧异。她没有注意到这整件事中的喜剧性:

"然而公鸡,神经兮兮的公鸡,是去爱的那个!而她们什么都不多做!太快了,一下子就看不到了!公鸡一直寻找爱却永远得不到!"

一天,家里人决定把女孩带到离家很远的亲戚家玩一天。等她

---

① Minas Gerais:巴西的一个州,位于巴西东南。

回来的时候,那只活着时叫佩特罗尼娅的母鸡已经不在了。阿姨告诉她:

"我们吃掉了佩特罗尼娅。"

女孩是那种拥有极大的爱的能力的造物:一只母鸡不能匹配她所投入的爱,而女孩依然继续爱着,不求任何回报。知道了佩特罗尼娅的遭遇,她开始憎恨家里所有的人,除了她妈妈,因为她不爱吃鸡,还有仆人,他们只吃牛肉。至于她爸爸,她甚至连看都不看一眼,因为属他最爱吃鸡。她妈妈洞悉了一切,对她讲:

"人吃了动物,动物就更像人了,因为他们进入了我们体内。这间房子里只有我们俩身体里没佩特罗尼娅。真是遗憾啊!"

佩特里娜是那女孩暗中偏爱的,现在就要死了,因为她一向是脆弱的生物。女孩看到佩特里娜在太阳炙烤的庄园中颤抖,便用黑色的呢子把她包裹得严严实实,之后把她放在米纳斯庄园特有的巨大砖炉上。所有人都提醒她这是在加快佩特里娜的死亡,但是女孩很固执,依然把捂得严严实实的佩特里娜放在了火热的砖炉上。第二天一早儿,佩特里娜浑身僵硬,因为她已经死了太长时间,此时,女孩眼泪决堤,终于相信了她的确加快了她的最爱的死亡。

再大一点儿后,女孩又有了一只母鸡,名叫伊波尼娜。

她爱伊波尼娜:这一次的爱更现实,不再罗曼蒂克。这一次的爱属于曾经为爱受苦的人。等到伊波尼娜被吃掉的时候,女孩知道了，这不仅是母鸡生来的命运，而且，母鸡仿佛对自己的宿命有所觉悟，因此从不学着爱上主人或者公鸡。在世间，母鸡是孤独的。

但女孩没有忘记母亲关于吃动物的那番话：她吃伊波尼娜，比家里任何人都吃得多，她不饿，但她吃，以一种几近肉体的快乐去吃，因为她知道这样伊波尼娜会成为她的一部分，比活着时更属于她。家里人把伊波尼娜做成鸡血汤。因此，这女孩仿佛置身于一场异教的仪式，若干世纪来，它借由身体与身体传到她这里，她吃了它的肉，喝了它的血。她嫉妒同样吃下伊波尼娜的人。女孩是为爱而生的生灵，直到成为女人并有了男人。

世间的水

它在那里,那海,是非人中最不可理解的存在。女人在这里,站在沙滩上,是生灵中最不可理解的存在。作为人,有一天她问了一个关于自我的问题,便成为了生灵中最不可理解的存在。她,面前是海。

只有一个委身于另一个,才会出现二者神秘的相聚:两种理解相互交出产生信任,两个不可知的世界才能彼此托付。

她注视着大海,这是她能做的。它只用海平面便限制了她,作为人,她不可能看到地球的弧度。

现在是早上六点钟。沙滩上只有一只自由的狗却步不前,那是一只黑狗。为什么狗会如此自由?因为他是活生生的神秘,从不自我探究。女人有点犹豫,因为她要进入了。

与海的壮阔相比,她的身体认同了自身的渺小,正是这种渺小使她维持热度,也正是这种渺小让她获得了沙滩上那只狗的一部分自由,把她变成可怜而自由的人。六点钟的静谧里,寒冷不动声色地嘶吼，这具身体将进入这无限的冷中。女人此刻并不知道：然而她正完成着一种勇敢。清晨的这一刻，海滩空无一人，没有他人的先例可供追随，她把下海变成简单而轻浮的活的游戏。她孤独一人。咸涩的海并不孤独，因为它咸涩而广大，而这是一种完满。此刻，她对海比对自己认识得更多。她很勇敢，因为尽管她不识自我，却敢于向前。不识自我是命中注定，不识自我需要勇气。

她慢慢下了海。咸涩的海水很冷，她的腿在仪式中打着寒战。但一种命定的快乐——快乐是一种宿命——笼罩着她，尽管她并没有微笑。正相反，她很严肃。退潮那种心慌意乱的气息把她从几世纪的困意中唤醒。现在她警觉起来了，尽管她不思考，就像一位猎手，警觉而不思考。这女人现在紧密、轻盈而又尖锐——她于酷寒中开路，这水状的寒包围着她，又让她进入，就像在爱之中，反对也可以是一种请求。

缓慢的前行使她增添了隐秘的勇敢。突然，她任凭第一阵波浪覆盖了她。盐、碘、所有的液体，让她有片刻的失明，她整个人在流汗——她骇然站起，她变肥沃了。

现在冷变作彻骨之寒。她从中间分水向前。她已然不需要勇气，现在她已然在仪式中久远。盐杀得双目灼烧，她拨开垂落在眼睛上的头发，把头浸在海的光芒中。她慢慢地用手玩着水，因为盐，太阳照到的头发瞬间变硬。她带有一种高傲，属于那些从来不做解释甚至不给自己解释的人。她把手围成贝壳形,做着那件在海中常做的事:她用手围成的贝壳盛满水,大口地喝着,真好。

她缺少的正是这个:海进入体内,就像男人浓稠的体液。现在她与自己完全相同。滋润后的喉咙因为咸而抽紧,双目因为阳光曝干的盐而灼红,温柔的浪冲击她又退回,因为她是船。

她又一次俯身入海,又一次喝水,现在她不那么贪婪,因为已不需要更多。她是一位情人,知道将重新拥有一切。太阳更高了,晒着她,她汗毛竖立。她又一次浸在海中:每一次更无欲求,每一次更不尖锐。现在她知道想要什么。她想站在海中。就这样站着。海水冲撞、退回、冲撞,仿佛冲撞船舷。女人不接收传送。她不需要交流。

之后,她从海中走回海滩。她没有在水上行走——人们已经在水上走了几千年,她再也不这样做!——她在水中行走,没有任何人可以不让她这样做。有时,海反抗着她,拖着她后退,然而女人的船头依然更强硬更粗暴地前行。

现在她踏上了沙滩。她知道水、盐与阳光让她熠熠生辉。即便不久之后她会忘记,也不可能失去所有的一切。她还隐隐地知道那垂落的头发属于一场海难。因为她知道——知道她制造了危险。一种如人类般久远的危险。

第五个故事

这个故事可以叫作"雕像"。另一个可能的名字是"谋杀"。或者是"如何杀死蟑螂"。我至少可以写三个故事,都是真的,彼此绝不抵牾。如果给我一千零一个夜晚,纵然只有一个故事,我也可以把它变成一千零一个故事。

第一个故事:"如何杀死蟑螂",是这样开头的:我抱怨家里有蟑螂。一位女士听到了抱怨,给了我一个杀蟑螂的配方:把糖、面粉和石膏等按比例混合,面粉和糖会把蟑螂招过来,而石膏会烧灼蟑螂的内脏。我这样做了。它们死了。

另一个故事和第一个故事是一样的,名字叫"谋杀"。它这样开头:我抱怨家里有蟑螂。一位女士听到了,给了我配方。然后便进入谋杀。事实上我不过是泛泛地抱怨一下蟑螂,而它们根本不属于我:它们属于一楼,攀爬楼房的管道来到我家。我照着那方子配药的时候,它们才真正成了我的。这样,现在,我开始称量各种配料,每一样都多加一点儿。一种淡淡的恨意统治了我,那是一种凌辱的意识。白天看不到蟑螂，没有人会相信说这暗中的坏人正在安静地啃噬着房子。然而，如果说它们就像暗中的坏人一般在白天呼呼大睡，那我就是在为它们准备夜晚的毒药。我小心翼翼，难耐激动，为这漫长的死亡调配着药物。兴奋的恐惧与我自身暗中的坏指引着我。我现在心如铁石，只想做一件事：杀死每一只蟑螂。当疲惫的人进入梦乡的时候，蟑螂便沿着管道攀爬上来。药也配好了，那如此洁白的药。这药是给如我一般狡猾的蟑螂的，我娴熟地撒着药粉，直到它与自然浑然一体。房子里寂静无声，我躺在床上，想象着蟑螂一个接一个地爬上来，来到厨房，黑暗在呼呼大睡，唯一醒觉的是晾杆上的毛巾。几个小时之后，我醒了，居然那么晚了，我不禁大吃一惊。天色已然微明。我走进厨房。它们横陈地上，巨大而僵硬。我用一个晚上杀死了它们。天为我们而亮。小山上一只公鸡在打鸣。

现在要开始讲第三个故事，名字叫作"雕像"。开头说我抱怨家里有蟑螂。接着还是那位女士来了。直接从黎明说吧，我醒了，睡眼惺忪地来到厨房。贴瓷砖的区域里的睡意比我的还要更浓。晨曦中一片黯淡，一抹紫红让一切遥不可及，我在脚下辨认着影子与白色：十余座僵直的雕像散落于地上。蟑螂从内到外透着僵硬。一些蟑螂肚皮上翻，另一些陈列在没有完成的姿态中。有一些蟑螂的嘴里尚留有白色食物的残迹。我第一个见证了庞贝古城的破晓。我知道昨晚发生了什么，我知道那黑暗中的狂欢。有些石膏硬得极慢，拖延了死亡的过程，蟑螂尝试着从自己的身体里逃走，它的动作越来越迟缓，恐怕还在贪婪地体会着昨晚的欢愉。最后它于无辜的惊惧中变身成石，目光中犹带有一种伤心的责备。另一些蟑螂突然被自己的体髓袭击，甚至没有察觉自己已经变成了石头。它们瞬息之间结成晶体，仿佛话刚说了一半：我爱……在这个夏夜里，它们徒然地用爱情的名义歌唱。还有一只，就是那只棕色触角沾染上白痕的蟑螂，大概太晚才猜到自己之所以变成了木乃伊，正是因为不知道该如何徒劳："我太关注我的内在！我太关注我的内……"——我从人的高度目睹了一个世界的崩塌。天亮了。死蟑螂的一两只触须在风中僵硬地抖动。前一个故事中提到的公鸡打鸣了。

第四个故事开启了家里的新时代。那开头人人都知道：我抱怨家里有蟑螂。直接从我看到这些石膏的丰碑开始说吧。它们都死了，是的。但是我看了看管道，今天晚上，那儿将有一群生灵再一次缓慢而鲜活地鱼贯而入。难道我要每晚准备那致命的糖吗？就像那种渴望着仪式，不然睡不踏实的人一样。难道在每一个清晨，我都要睡眼惺忪地来到厨房？为了滋养我那找寻雕像的嗜好，前一天晚上我会汗水淋漓地把它们立好。面对这女巫的双重生活，我不禁惊讶于我邪恶的快感。我也惊讶于石膏带来的讯息：一种活的恶习在我的身体里萌芽。在两条道路之间做出选择是痛苦的一刻,我想,任何一种选择都意味着牺牲:要么是我,要么是我的灵魂。我做出了选择。今天我可以在心里隐秘地炫耀着美德的标牌:"这间房子被喷了药。"

第五个故事叫作"莱布尼茨与波利尼西亚之爱的超验性"。它是这样开头的:我抱怨家里有蟑螂。

不由自主的化身

有时，当我看见一个我没有见过的人，我会拿出时间观察他，然后化身成他，这样我便前进了一大步，可以去了解他。闯进一个人之中，不管他是谁，我也不会因他坦白告饶而结束：当我化身为他，我便理解了他，原谅了他。我需要的是提高警惕，不能化身到一个危险而又吸引人的生命中，我会舍不得回到自己的。

一天，在飞机上……啊！上帝啊！我哀求道：不要这样。我不想变成传教修女！

哀求无济于事。我知道因为飞机上的三个小时，若干天内我都会变成传教修女。她身上的那种传教士的清癯与精心打磨的精致侵占了我。接下来的几天，我将好奇地体验我交付给生命的这些眩晕与疲惫。从现实的角度来说，我也有几分担心：我会因承担重任的责任与快乐忙碌不堪。这是一份我并不了解的生命重负，尽管传播福音的紧张我已经开始感觉得到。在飞机上，我便察觉我已经踏出了成为尘世圣徒的第一步：我理解了传教修女要很有耐心，因为她会消失于这一步的踏出,那脚步几乎不能触到地面,仿佛重踏会伤害其他事物。现在我面色苍白,嘴上没有任何妆痕,纤弱的头上戴着那顶修女的帽子。

等我降落地面时,大概会沾染一种气质,那是因使命而带来的平和而超越的痛苦。我的脸上刻上了道德希望的温柔。因为我已经化身为道德。刚走入机舱那会儿,我曾是那样没有道德感的人,而且对此无动于衷。曾是?不,我现在是!我体内叛逆地大喊,对抗着传教修女的偏见。但没有用:我用光了气力,虚弱不堪。我假装在读一本杂志,她正读着《圣经》。

飞机要短暂降落一阵儿。男空乘在分发口香糖。他一靠近她,她的脸便倏地红了。

迎着机场的风,地面上的我成为了传教修女。面对风的无耻,我紧紧地拉住那条想象中的灰色裙袍。理解了,理解了。我理解了她,啊!我理解了她,理解了履行传教使命之外那存在的羞耻。我像个修女一样责备女人们的短裙,那是对男人的诱惑。我也有不理解的地方,这个苍白的女人的内心充满神启的洁净,但当空乘通知我们要继续飞行时,她的脸上却轻易地现出了红晕。

我知道几天之后我才能重新开始自己的生活。谁知道呢?也许生活本来就不是自己的,除了初生那一刻,其余的时刻都只是化身而已。但不是这样的:我是一个人。当我的幽灵攻占我时,那将是多么快乐的相遇,多么美好的欢会,我们一边说话,一边把头倚靠在对方肩膀上哭泣。然后我们幸福地擦干眼泪,我的幽灵完全融入我体内,我们高傲地走向外面的世界。

一次,也是在旅行中,我遇到一个妓女,她香气袭人,一边抽烟,一边眯着眼睛看着一个男人,那男人魂儿都被勾走了。我立即希望理解她,我也抽烟,我也眯着眼睛看着视线范围内唯一的男人。那是个胖男人,我希望在他身上体验一下妓女的灵魂,但那胖子埋头苦读《纽约时报》。而我的香水味道又太隐晦。这是完全的失败。

以我的方式来写的两个故事

一次我闲来无事，做了一个写作练习来自娱自乐。确实挺开心的。我把马塞尔·埃梅①写的一个二元故事当成了主题。今天我找到了那个练习，它是这样的：

这是一个关于葡萄酒的好故事，不过故事的主人公不喜欢喝酒。他叫费利西安·盖里约，本身是葡萄园主，这名字、人物和故事统统是马塞尔·埃梅编的，编得太好了，离真实也就只差不是真实。

费利西安——如果真活着——生活在法国的阿尔布瓦，已婚，妻子不算美也不算有德行，刚好能让一个诚实的男人保持平和。他出身好门庭，尽管不喜欢喝红酒。不过，他的葡萄园是当地最好的。没有一种酒他喜欢喝，他不爱这杯中之美好，只能徒劳地寻找可以把他从这诅咒中拯救出来的方法。即便渴得难受想喝酒了，最

---

① Marcel Aymé（1902—1967）：法国小说家、儿童文学作家。文中故事出自《巴黎的酒》(*Le Vin de Paris*)，选入作家同名小说集中。

好的酒在他尝来也难喝极了。莱昂蒂娜，他那恰到好处的妻子，同他一起掩饰起这种耻辱，不让众人知晓。

现在我完全重写了这个故事，我写得也十分好——甚至可以说更胜一筹，因为我给它想出了绝妙的结尾，从而完全保持了它的内核。这样，马塞尔·埃梅写了这个故事的开头，讲到了这个男人不爱喝酒，他仿佛很厌恶这个故事。他自己就说：突然之间，这个故事让我觉得烦。为了从无聊中解脱，就像人喝酒是为了遗忘，作者就得极尽所能地给费利西安编故事，然而，他不编，因为他不喜欢。他感到难过，因为他竟让费利西安装成酒精过敏，才能在旁人面前隐藏根本就不可能过敏。马塞尔·埃梅，真是好作家。要是费利西安真是让他感兴趣的人物，关于怎么给他编的故事，就得写上好多页。实际上，在讲这个编的故事时，埃梅他尽了全力，也讲得很好，但我们知道不是这样的，因为编是从来编不完的。

因此，埃梅转而去讲另一个故事。他不想再写个关于酒的悲伤故事，就搬到了巴黎，在那里他捡了一个男人，名叫迪维莱。

巴黎的故事正好相反：埃蒂安·迪维莱，这人嗜酒如命，但却喝不起。酒很贵，而他不过是个公务员。就算他想腐败，出卖或背叛国家的机会也不是天天有。天天都有的是一大家子人，还有个一刻不停吃东西的岳父。家里人梦想有丰盛的食品，迪维莱梦想有酒喝。

一天，迪维莱又梦想喝酒了，我想告诉大家，这一次梦想的时候，他的确在做梦。但现在我们要讲讲这梦了——因为马塞尔·埃梅讲完了，而且还是长篇大论——这一次"真的"让我们烦了。我们要隐藏起作者想讲的话，就像我们想听的费利西安的故事被作者隐藏掉一样。

这里，就只说迪维莱这个人，周六晚上，他从梦中醒来，渴得想喝酒。对岳父的憎恨使他越发焦渴。一切都复杂起来，其根本原因在于他没有酒喝，因为想喝酒，他几乎杀死了妻子的父亲。关于他的妻子，埃梅没告诉我们她是不是有德行，看起来她不好也不坏，故事中只有酒最重要。睡梦中的梦变成了白日梦，这已然是一种病症。迪维莱什么都想喝，在警察局中，他表示了想喝掉警官。

直到今天，迪维莱依然待在疯人院，看不到出来的希望。医生无法理解他的精神状态，只能用极好的矿泉水治疗他，但这只能解小渴，对大渴无济于事。

此刻，埃梅，说不清是因为想喝酒还是可怜他，希望迪维莱的家人把他送到阿尔布瓦这块好地方，第一个人物，费利西安·盖里约，在一番值得大书特书的冒险之后，终于沾染上了饮酒的嗜好。既然没有告诉我们是如何沾染的，那我们也到此为止，这两个故事埃梅和我们都讲得不够好，不过酒不需要多讲，喝就行了。

初　吻

　　那两个人与其说在交谈，不如说在呢喃：爱情刚刚发生，两人一起变蠢，这就是爱。而嫉妒却与爱如影随形。

　　"好吧，我相信我是你第一个女朋友。这让我很开心。不过你要跟我说实话，一定要说实话：在我之前，你从来没有吻过其他女人吗？"

　　他很单纯：

　　"吻过。我从前吻过一个女人。"

　　"她是谁？"她不无伤感地问。

　　他急急地想辩护，却又不知道该怎么说。

　　旅游大巴缓缓地驶上了山。他，一个少年，被一群闹哄哄的男孩子挤在在中间，清风拂过他的脸庞，进入到他的头发丝里，仿佛用母亲那纤长的手指轻柔地抚摸。有的时候，他安安静静地待着，什么都不想，只去感受，那感觉很美妙。然而，在同行者的喧闹中，全神贯注地感觉也不是件容易的事儿。

而且他开始觉得口渴：他跟班上的同学玩闹，大声地嚷嚷，声音高过发动机的噪音，大笑，大叫，思考，感觉，混账的人生！这样喉咙都冒烟了。

一滴水都没有。看来只能吞唾液了，他就是这么干的。干灼的嘴巴里积攒着唾液，然后一次一次地慢慢吞下去。唾液太温和，不足以驱除干渴。这巨大的焦渴简直比他自己还要大，现在攻占了他全部的身体。

之前，清风微微吹拂，让人觉得惬意，而现在日近正午，风也变得干热炙烤，灌到鼻孔里，吹干了好不容易攒起的唾液。

要是能闭上鼻孔，少呼吸一点荒漠来的热气该有多好？他尝试了一会儿，差一点憋死。还是应该等待，等待。也许几分钟，也许几小时，而焦渴却让他度秒如年。

不知道为什么，但他现在感觉到离水源越来越近了，他预感到水近在咫尺，他的眼睛瞟向窗外，寻找到公路，进入茂密的灌木丛，窥探、搜索。

他体内的动物本能没有错：公路不期然地转弯，在灌木丛中，突然出现了……一座喷泉，正汩汩涌着细流，是他梦寐以求的水。

巴士停了下来，大家都渴坏了，而他比任何人都快，第一个到了喷泉前面。

他紧闭着双眼,半张着嘴唇,把嘴狠狠地贴在水的出口。第一口清冽的泉水入口,经过胸腔流进肚子。

他又活了过来,这水滋润了他沙砾般的心田,让他心满意足。现在他可以睁开双眼了。

他睁开了双眼,看到面前雕像的两只眼睛正紧盯着他,他发现那是一座女人的雕像,水正是从她嘴里流出来的。他记起喝第一口水的时候,便感到嘴唇凉丝丝的,比泉水本身要清凉多了。

他知道自己的嘴唇贴住了石像的嘴唇。生命从她的口中流出,送进他的口里。

无辜的情绪让他有些混乱,他觉得有些困惑:难道这生命之水,这重生之水,是从这女人口中流淌出来的……他看了看那尊赤裸的雕像。

他吻了她。

他感到一丝恐惧,它发自内心,外表看不出来,逐渐占据了整个躯体。他的脸像炭火一样红。

他踌躇不前,不知道该做些什么。他惶然不安,因为他发觉自己身体的一部分,从前是很轻松怡然的,如今却争强好胜地绷紧了。他从来没有发生过这种事。

他站着,温和而又好胜,他孤独地站在众人之间。心缓慢深沉地跳动,他感到世界有了变化。生命是全新的,是另外一种,这是震惊的发现。他惶惑地维持着脆弱的平衡。

真相从他的内心深处的那眼深藏不露的泉里流淌出来。他时而惊惧，时而感到从未有过的自豪：

他成了一个男人。

译后记

因为神秘莫测的命运，克拉丽丝·李斯佩克朵"偶然地"成为了葡语作家。她本该成为一位俄语作家，因为她出生在后来归属苏联的一个小小的乌克兰村落。她也可以成为英语作家，倘若美国的亲戚先给他们一家人发出了邀请函。她也可以如同辛格一般用意第绪语创作，因为她是犹太人的后裔，家中说意第绪语，父亲是一位犹太信仰的践行者与犹太复国主义的支持者。然而，因为神圣的命运的意志，她的父母决定移民巴西，尚在襁褓之中的她来到了南美，归化为巴西人，终生以葡萄牙语作为书写语言。

甚至连她的出生也全然是一种"偶然"。如果不是因为她的母亲得了怪病，克拉丽丝·李斯佩克朵本来不会出生。当地人认为再生一个孩子可以治愈这种病。克拉丽丝·李斯佩克朵携带着这个伟大的使命出生，然而她并没有成功：母亲的病终身不愈，直至死亡才让她得到解脱。或许正是因为自身生命这诸多的神秘与偶然，克拉丽丝·李斯佩克朵才会终身通过书写探索一个本质性的问题：存在。

一九四三年，她发表了处女作《濒临狂野的心》，获得了巴西文学评论界的盛赞。评论家安东尼奥·甘迪特与塞尔吉奥·米利埃先后撰文，认为这部作品的语言非常独特，叙事技巧也很新颖，呈现出与当时占统治地位的"地域小说"截然不同的风格。著名评论家阿尔瓦罗·林斯断言这部小说是伍尔夫与乔伊斯的文学传统在巴西的第一次"经验"。虽然他称赞了克拉丽丝的写作风格新颖独特，但却认为这种没有开头、中段和结尾的小说在结构上不完整，她的创作是一次"不完整的经验"。这种批评暗指克拉丽丝对伍尔夫和乔伊斯不成熟的模仿，遭到了克拉丽丝·李斯佩克朵的强烈反对，她当时便写信给阿尔瓦罗·林斯，表明虽然"濒临狂野的心"这句话出自《一个青年艺术家的肖像》一书，但这是朋友的建议，她在写作这本书之前，的确没有读过乔伊斯，也没有读过伍尔夫。

今天，克拉丽丝·李斯佩克朵在巴西国内与国外均实现了充分的经典化，经过一个相对较长的时间段，我们可以洞悉克拉丽丝·李斯佩克朵的开拓性意义，而阿尔瓦罗·林斯的这番即时的"印象式"评价仿佛是一位伟大评论家偶然的失手。这样的事例在文学史上并不鲜见，尤其发生在开创风气的作家身上。阿尔瓦罗·林斯看到了克拉丽丝·李斯佩克朵的新颖，但是他无法去为这种新颖提供解释，更无法为她在巴西文学中寻找到一个准确的位置。反倒是当时只有二十多岁的安东尼奥·甘迪特敏锐地发现了克拉丽丝·李斯佩克朵的独特语言与风格产生的原因：这便是使葡语在思考这个层面获得延伸与增长。在散文《葡萄牙语》中，克拉丽丝·李斯佩克朵将葡语定性为一种"不擅长思索"的语言，她的独特语言运用与写作手法完全是为了挣脱葡萄牙语的桎梏，这是一种必需，而不是单纯的模仿。克拉丽丝·李斯佩克朵提供了一种新的资源，让葡语这一种"不擅长思索"的语言在抽象与形而上学的维度上获得了新的发展，这是克拉丽丝·李斯佩克朵为葡萄牙语——这偶然成为她的母语的语言——所作出的第一个贡献。或许，正是执着地找寻存在与坚持在思考层面上展开书写，让克拉丽丝·李斯佩克朵具有了与乔伊斯及伍尔夫"偶然的"相似性。

克拉丽丝·李斯佩克朵为葡语与巴西文学所作出的第二个贡献，便是对文学主题的拓展。十九世纪末期，巴西文学巨擘马查多·德·阿西斯不满足于当时流行的浪漫主义文学（注：这种与印第安人神话联系紧密的文学形式正是我们中国读者尤其熟悉的拉美魔幻现实主义的一个重要来源），通过其高度发展的现实主义文学，为巴西文学开辟了一条城市文学的新道路，从此，巴西作家知道了如何不去状写巴西的奇异风光便可以书写出"巴西性"（a Brasilidade sempitoresco），这正是巴西文学的独特性，在拉美的西语国家文学中，城市文学未曾发展到这样的高度。克拉丽丝·李斯佩克朵同样不去状写巴西的风景，她让当时流行"地域主义"的巴西文坛看到了一种新的书写方式，要求作家去探寻人类最为幽深的内心世界。克拉丽丝·李斯佩克朵通过她的尝试，向所有人证明，全然向内的书写也是一种现实主义写作，甚至是更为真实的现实主义写作，这种"现实"或者"真实"不是能够表现（represent）的，而是要通过对语言的复杂运用使其揭示（reveal）出来。而且，克拉丽丝的创新并不止于此，从她之后，主题不再是一个让巴西作家焦虑的问题。对于克拉丽丝·李斯佩克朵，无所谓好的主题或坏的主题，也没有大的主题与小的主题，在对事物真实性的探察中，她消灭了所有二元对立，对于她，一切都可以成为主题：一枚蛋、一只蟑螂、一只死去的老鼠。克拉丽丝·李斯佩克朵之所以消弭了主题之间的差异，是因为唯有这样，才能够将飘浮于人世间的存在之真实表达出来。表达是真正重要的事，也是非常艰难的事，因为真实无法表达，一旦能够表达，那就不再成为真实。克拉丽丝·李斯佩克朵一生致力于通过各种方式，把她探寻到的真实尽可能真实地表达出来，从这个意义上说，她实现了罗兰·巴特所定义的真正的作家的使命：**不去表达可以表达之事。**

　　小说集《隐秘的幸福》充分显示了克拉丽丝·李斯佩克朵语言的复杂与主题的广泛。《隐秘的幸福》出版于一九七一年，与《家庭纽带》共同构成了克拉丽丝·李斯佩克朵的短篇小说代表作。《隐秘的幸福》中大多数文章在《外国军团》与《一些小说》这两本集子中已经发表过，虽然都是短篇，但大多非常复杂，具有深厚的哲学意蕴。需要注意的是，虽然克拉丽丝·李斯佩克朵的文本具有很强的哲学气息，而且，从哲学/形而上学角度研究克拉丽丝也是一种既定的范式，但克拉丽丝·李斯佩克朵与同样探索"存在"的萨特之间有很大的区别：克拉丽丝·李斯佩克朵文本中的哲学性不是学院派的，是自发形成的，基本上是一种本能。《隐秘的幸福》中的文章虽然主题彼此相异，表现方式也不尽相同，但隐约指向了一个共同的方向：探寻自我抑或自我意识的建立。这是克拉丽丝·李斯佩克朵致力于内心探寻的必然结果。《蛋与鸡》一向被认为克拉丽丝·李斯佩克朵最神秘的文章，甚至她自己也半开玩笑地说她也不懂。学者埃莲娜·西苏视这篇小说为 Egg-Text，里面确实凝缩了克拉丽丝·李斯佩克朵所关注的一切要素：起源、时间、真实、存在、母性、表达、自我意识，等等。在《索菲娅的祸端》与《外国军团》这两篇最具代表性的作品中，我们可以看到在克拉丽丝的笔下，小女孩的自我意识是如何开始形成的。《男孩素描》也具有同样的特征，男孩的自我意识在无限绵延的一瞬间中渐渐形成。一定程度上，《讯息》与《进行性近视》也可以归在这一类中。《爱的故事》与《蛋与鸡》并《家庭纽带》中的《一只母鸡》组成了克拉丽丝·李斯佩克朵的"母鸡三部曲"。《爱的故事》主要讲述了一个小女孩在自我意识真正形成之前，将母鸡看成同类的故事。《世间的水》本是长篇小说《一场学习与欢愉之书》中的一章，但克拉丽丝·李斯佩克朵太爱这个主题了，便提取出来，成为了独立的短篇小说。在克拉丽丝·李斯佩克朵的写作中，水是非常重要的意象，这是由水的特性决定的，在这篇小说中，水之寒冷与无尽喻示着孤独与自由。但水还有其他特性，比如水滴之圆润可以让人联想到蛋，联想到环形，联想到非线性的一切，因此，水是与克拉丽丝·李斯佩克朵的时间观紧密相连的。《星辰时刻》中玛卡贝娅喜欢钟表的滴答声，因为那滴答仿佛水滴就要滴落，其联系正在于此。对于克拉丽丝·李斯佩克朵，水是一切之诞生的隐喻，比如人，就伴随着水出生；水也寓意着终结，比如《星辰时刻》中的玛卡贝娅在血泊之中死亡，从水到水正是一种环形结构，没有开头也没有结尾。水也是自我意识产生的催化剂。《世间的水》勇敢地潜身入海，让水进入到身体之中；《初吻》中少年喝过喷泉的水，意识到自己成为了一个男人；《爱的故事》中女孩吃过鸡血汤，具有了成长的意识。这一切皆出自克拉丽丝·李斯佩克朵为水赋予的这种特性。由于克拉丽丝·李斯佩克朵的意图是发现真实并将真实诉诸文字，上文那一句简单的"自我意识的建立"甚至不能概括以此为基本特征的小说，她对于内心世界的挖掘是多角度的，与其独特的表达共同结合成为了一个复杂的文本，因此，解读的方向始终是开放的。而关于最令她重视与焦虑的"表达"问题，不仅仅构成了形式，而且形成了内容。在《隐秘的幸福》中，我们也可以看到很多表述，比如，在《第五个故事》与《以我的方式来写的两个故事》之中，我们可以看到克拉丽丝·李斯佩克朵对于表达之创造力的笃信。而在《索菲娅的祸端》与《讯息》的文本中，我们也可以看到从不同角度进行的对于"表达"之艰难的展现。

克拉丽丝·李斯佩克朵从来不煲制心灵鸡汤，但一如所有的文字大师，她也留下了丰富的精神资源。成为她的译者与研究者，成为这份遗产的直接受继人，这是一种饱含苦痛的幸运。对于我而言，这些隐秘的幸福主要体现在三个层面：

（1）对于"真实"的找寻是很多人希望的，然而这需要勇敢才能去实现。克拉丽丝·李斯佩克朵借用无数人物之口表示，她宁可接受真实的丑陋，也不去接受不真实的美，这当然会导致痛苦。在作品中她不断地呼吁这种找寻与接受的勇敢，对于她，能够那样去写作，也是一种勇敢。克拉丽丝·李斯佩克朵还告诉读者，自由不是随便能得到的，伴随真正的自由而来的，是绝对的孤独。人必须得有勇气进入那无尽而寒冷的孤独之中，才能获得极致的自由。她的这些话语自然不能让人立即获得勇气，但至少是一种信念的加强，因为接受真实而导致的痛苦与为了体验自由而经历的孤独也不再是不可忍之事。

（2）克拉丽丝·李斯佩克朵在作品中对于一切二元对立进行了

消解，包括善与恶、好与坏、爱与恨、心灵与身体、感觉与思考、幸福与不幸，等等。通过将"感觉"与"思考"同一起来，在某种程度上，克拉丽丝·李斯佩克朵接近了费尔南多·佩索阿的异名阿尔伯特·卡埃罗。关于"幸福"这个很多人心目中的终极命题，克拉丽丝·李斯佩克朵用两个与时间相关的问句完成了消解：幸福之后是什么？幸福是一个瞬间？还是一种绵延？当"幸福"与"不幸"在本质上完成了同一，当"幸福"的最高性和终极性消失，真实便越发呈现出来，很多矫情的"不幸"也就变得可忍。

（3）关于"表达"与"交流"，克拉丽丝·李斯佩克朵曾这样说过："书写永远是表达无法表达之事，就在字里行间你真正要表达的东西消失殆尽，无以言表的永远大于可以言表。书写必须穷尽所有表达，失败的宿命成就了它的创造。"用这番话语，作家变成了那位推石上山的西绪福斯。如果作家真正想表达的东西与他用语词实现表达的东西之间总是无限趋近却无从一致，那么我们为什么要追求翻译的等同？或许翻译的创造性，就存在于那尽力趋近而却无从实现的等同之中。而译者的使命，就在于穷尽所有等同的可能与尝试中。

闵雪飞

二〇一四年十二月于葡萄牙科英布拉